ベリーズ文庫

冷徹無慈悲なCEOは新妻にご執心
～この度、夫婦になりました。ただし、お仕事として！～

一ノ瀬千景

STARTS
スターツ出版株式会社

目次

冷徹無慈悲なCEOは新妻にご執心
～この度、夫婦になりました。ただし、お仕事として！～

冷徹無慈悲なCEOは新妻にご執心
～この度、夫婦になりました。
ただし、お仕事として！～

プロローグ

「――え？　撮られたって、それはどういう……」

「つまり、君と俺の熱愛だのなんだのという記事がどこかの週刊誌から出るってことだ」

　金曜日の夜。この地下駐車場で、カシャカシャというシャッター音を聞いたのは、ほんの数十秒前のこと。

（週刊誌……熱愛……）

　テレビの向こう側の出来事で、自分の人生にはいっさい関係ないと信じていたワードが出水《いずみ》咲穂《さほ》の脳内をふよふよと漂う。それらが繋《つな》がった瞬間、咲穂は悲鳴にも似た声をあげていた。

「ええ！　美津谷《みつや》ＣＥＯと私が……ね、熱愛⁉」

「……声がでかい」

　ありえない状況だというのに妙に落ち着き払っている、この男性の名は美津谷櫂《かい》という。三十一歳の若さにして、咲穂が働く外資系化粧品会社『ＭＴＹジャパン』のＣ

ＥＯ。さらに、その親会社に当たる米国企業『ＭＴＹニューヨーク』を創業した人物の子孫、つまり御曹司でもある。

宝石のように強い輝きを放つ瞳が印象的なイケメンで、美貌、財力、地位に名誉、すべてを兼ね備えた王者のオーラをその身にまとっていた。

一方の咲穂は……顔もスタイルも能力も特筆すべき点はいっさいない、二十五歳の平凡女子。鎖骨に届くくらいのミディアムヘアで、染めてはいないけれど生まれつき明るめの色をしている。瞳は髪と同じ栗色。すべてのパーツが小作りで、目立つ特徴のないさっぱりとした顔立ちだ。

まったく釣り合いの取れていない自分たちが、金曜日の夜になぜ一緒にいるのかといえば……身分違いのロマンスなどではもちろんなく、ただの仕事だ。

ＭＴＹジャパンが新しく立ちあげる化粧品ブランド『リベタス』。櫂はその総責任者で、咲穂は広報の担当者。

仕事の話をして、これから帰る。ただそれだけだったのに……。

（そもそも、芸能人でもないのに週刊誌の記者が尾行しているなんて聞いてないよ）

だが〝米国で認められた本物のセレブリティ〟として、日本のお茶の間でもすっかり人気者になっている彼の立場を考えたらありえる話だ。

(てことは、本当に記事になるの⁉)

　完全にパニックにおちいっている咲穂の横で、櫂はなにか算段するような顔つきで黙り込んでいる。それから、彼はおもむろに口を開く。

「ひとつ、妙案を思いついた」

「記事を揉《も》み消せるんですか?」

　この状況で妙案と言うからには、それしかないだろう。CEOの権力で出版社に圧力をかける……とか、なにか裏技があるのかもしれない。

「そうじゃない。――出水咲穂さん」

　やけにかしこまった口調で呼びかけて、彼は咲穂の両肩をつかむ。そして、強く美しい瞳の真ん中に咲穂をとらえた。

「俺たち、結婚しないか?」

　誰をも魅了する不敵な笑みを浮かべ、彼はたしかに……そう言ったのだ。

　この夜に重なったいくつかの偶然は、もしかしたら必然だったのかもしれない。

――世界的セレブな御曹司とこのたび夫婦になりました。ただし、お仕事として!

一章　夢の代償

「零点《れい》だ」

涼やかな美声が告げた残酷な評価に、咲穂の目は点になる。

「――え？」

「聞こえなかったか？　零点と言ったんだ。この企画は評価の土俵にもあがっていない」

咲穂が人生を懸けて挑んだ、重要なプレゼン。必死に準備をして、全力を尽くしたつもりだった。だが……このプロジェクトの総責任者である美津谷櫂は、情け容赦《ようしゃ》なくノーを突きつけた。

咲穂はひと月前に、『美津谷エージェンシー』という広告代理店から、親会社であるＭＴＹジャパン社に出向してきたばかり。

広告業界での経験を買われて、ＭＴＹジャパンが新しく立ちあげる化粧品の新ブランド、リベタスの広報チームに配属された。

『新ブランドのプロモーションは広告代理店任せにせず、自分たちがイニシアチブを取る。それが美津谷CEOの方針なの。そこで代理店のノウハウを知る、出水さんにチームに入ってもらうことになったのよ』

九月の出向初日。上司となった女性からそう説明を受けたが、それでもにわかには信じられない異例の大抜擢《だいばってき》だった。だが、とにもかくにも咲穂にとってはビッグチャンス。

(広告クリエイターとして活躍する。いつかは、お茶の間に流れるテレビCMを手掛けてみたい)

そんな大きな夢……社会人三年目にして、早くも叶えるチャンスをもらえたのだ。

(なにがなんでも成功させたい。絶対、CEOからGOサインをもらう！)

そんな意気込みで迎えた、今日この日だったのだが……。

プレゼンの議題は、リベタスの発売直前に短期集中で流すプレCMの企画について。営業、研究開発などプロジェクトに関わる各チームの代表者が一堂に会していた。

彼らの反応は決して悪くなかったのだが……。

(肝心のCEOが……)

咲穂たち広報チームが残業を重ねて仕上げたプレゼン資料を、櫂はバサッと裏向きに伏せた。その仕草は、彼の失望を如実《にょじつ》に表している。

（厳しい人だと、聞いてはいたけれど）

　MTYジャパンの現CEOである櫂は、嫌みなほどにパーフェクトな男だ。

　さらりと額に落ちる艶《つや》やかな黒髪。目元も口元も、甘さと男らしさの塩梅《あんばい》が素晴らしく、大人の色香がにじんでいる。

　百八十センチを余裕でこえる長身に、しっかりとした肩幅と長い手足。そのスタイルのよさで、仕立てのよいダークグレーのスーツを完璧に着こなしていた。ネクタイ、時計、身につけているすべての品がかなりの高級品であると見て取れる。だが、決してこれみよがしではなく上品だ。育ちのよさと、本人の美意識の高さがあってこそだろう。この美貌に加えて、経歴もとんでもないのだ。

　MTYニューヨーク。高級化粧品『マリエルジュ』を筆頭に、メイクアップ、スキンケア、ヘアケアの分野で三十以上のブランドを有し、世界百五十か国で事業展開しているグローバル企業だ。各国に現地法人を持ち、売上規模も会社の時価総額も、日本国内の企業とは桁から違う。

　この大企業を創業したのは、なんとひとりの日本人なのだ。美津谷稲造《いなぞう》氏は大戦後に米国に渡り、ニューヨークの地でビジネスを始める。彼の天賦の商才はあっという間に先行していた同業他社を追い抜き、化粧品業界ナンバーワンの地位を確立した。

耀はその稲造氏の直系の子孫だ。小学校までを日本で過ごし、ジュニアハイスクールから大学までは米国。そのままMTYニューヨーク社で働き出し、数々の実績をあげる。米国の経済誌が、その有能さに注目して特集を組んだことも大きな話題を呼んだ。この記事をきっかけに、彼は向こうのセレブリティたちの仲間入りを果たすことになる。

そんな世界的セレブが日本にやってきた理由は……他国に比べて事業成長が鈍化しているMTYジャパンのテコ入れのため、とのこと。

日本法人が傾いた程度じゃMTYニューヨーク本体はこれっぽっちも揺らがないそうだが、美津谷一族は祖国である日本を大切にしているらしい。そこで、有能な耀が立て直しのために日本法人のCEOに就任した。

さらにいえば、業績回復のための最初の一手がこのリベタスプロジェクトで、CEO自らが直接指揮をとっているのもそれが理由だ。

(本来なら私が口をきけるような人じゃないのよね)

そんな雲の上の存在である彼からはっきりとノーを突きつけられて、ここからどうすれば挽回《ばんかい》できるのか……。咲穂は自分の無力さを痛感する。

代わって櫂に向き直ったのは、咲穂の上司である白木理沙子《しらきりさこ》だ。三十七歳、ハイブランドのピアスがとてもよく似合うオシャレな女性。

「マーケット分析は徹底しました。賛否はあるにせよ、大きく外れた企画ではないと自負しておりますが……」

理沙子の台詞《せりふ》を遮って、櫂は厳しい声を出す。

「この企画の発案者は誰だ？」

「……私、出水です」

咲穂は片手をあげる。今回の企画は広報チーム内でのコンペを経ている。そこで咲穂の出した案が採用されたのだ。

「出水咲穂、美津谷エージェンシーから引き抜いた人材だな。優秀な人間が入ったと聞いて楽しみにしていたんだが……正直、期待外れだった」

――期待外れ。

あまりに冷たい発言に咲穂はグッと下唇を噛《か》む。

「俺はカレーライスを頼んだのに、君はビーフシチューを提供した。君の作ったシチューがどれだけおいしかったとしても、頼んでいない品物なのだから零点だ」

櫂はスッと席を立つ。

そして、ここから先は咲穂にではなく全員に向かって話をする。

「リベタスのコンセプトは、その名が示すとおり〝自由であること〟だ」

ブランド名はローマ神話における自由の女神、リベルタスにあやかって名づけられた。

「年齢や性別を問わず誰にとっても上質な化粧品、それがリベタスだ。つまり、化粧品は女性のものという固定概念は捨てなければならない」

彼はひとりひとりの顔を見て……最後に咲穂のところで視線を止めた。鋭い眼差しに射貫かれる。

「もう一度、振り返ってみろ。ターゲットをどう想像した？　そのなかに男性の顔はあったか？」

怒りにも似た櫂の熱意。誰も反論できなかった。それは咲穂も同じだ。

「二週間後に仕切り直そう。今日はここまでだ」

櫂は小さなため息とともに、この場を散会させた。

「ごめんね、出水さん。今回のことは私のミスでもあるわ。美津谷ＣＥＯの考えるジェンダーレスを私も正しく理解できていなかった」

咲穂の肩をポンと叩《たた》いて、理沙子が励ましてくれる。

自分の企画が採用されたとき、彼女がかけてくれた言葉を思い出す。

『出水さんはクリエイターでしょう？　年齢や実績じゃなく、今ここにある企画で勝負する仕事なんだから遠慮はいらないわ』

出向してきたばかりで経験も浅い自分の企画で本当によいのか不安だったが、その言葉に背中を押してもらった。その後はチーム全員で咲穂の企画をブラッシュアップして……みんなの思いを背負って臨んだのに。どうして期待に応えることができなかったのだろう？　悔しくて、たまらない。

（私たち広報チームだって考えていないわけじゃなかった。男性をターゲットにすることの意味はきちんと検討をして……）

まだ言いたいことがある。納得できない部分が残っていた。

咲穂はガタンと席を立つ。

「白木チーフ、すみません。先に戻っていてください」

会議室を出て、彼の後ろ姿を追った。出向で在籍しているだけの、ここの正社員ですらない自分が彼に直接声をかけるのはありえないことだとわかってはいる。

（でも、みんなの努力を無駄にするわけにはいかない！）

せめて、次に繋がるなにかを得なくては。

「美津谷CEO！　少しだけお話をっ」

姿勢のいい、凛《りん》とした背中に呼びかける。振り向いた彼が返事をする前に、秘書の男性が咲穂の前に立ちはだかる。

「CEO、次のご予定へ」

咲穂のことは無視していい。秘書が暗にそう告げているのは理解できた。だが、櫂は秘書を手で制して咲穂の前に立った。

「いや、聞くよ。イエスマンな部下は望んでいないしな。……反論があるんだろう？」

ニヤリと、彼は唇の端をあげた。

「ありがとうございます！」

間に受けるなとでも言いたげに顔をゆがめる秘書を無視して、咲穂は続ける。

「五分だけ、CEOのお時間をください。二週間後に必ず百点の企画をお出ししますので、この時間を無駄にはさせません！」

櫂はパチパチと目を瞬いたあと、ふっと頬を緩めた。

「君はずいぶんと自信家だな」

「自信はたった今、打ち砕かれたばかりでもう残っていませんが……このプロジェクトには私の人生が懸かっているので！」

何度ダメ出しされようとも、諦めるわけにはいかないのだ。

「わかった。大川《おおかわ》、先に戻っていてくれ。次の予定には必ず間に合わせるから」

彼は秘書を帰してしまった。

ふたりきりになったところで、咲穂は必死に訴える。

「私たち広報チームも男性の顧客を無視したわけではありません。きちんとカレーライスを作ろうとしていました。そこは誤解なさらないでください」

「なるほど」

櫂は腕を組み直す。しかし厳しい表情のまま、眉間のシワは緩まない。

「君たちは男性顧客の顔も思い浮かべた。そのうえで、どうしてあの企画案になるんだ？　たしかに、いかにもな女性らしさは排除されていた。だが、君の企画はあきらかに女性に向けて作られていたように思う」

「はい、それも私の発案です。化粧品をいきなり男性に売るのは難しいですよね。まずは女性たちの間に浸透させる。そして彼女たちの口から〝ジェンダーレスで男性も使える商品〟だとアピールしてもらう。それが、もっとも確実に売上を伸ばしていける方法だと考えました」

咲穂はこの案がただの思いつきではなく、マーケティング調査に基づいたものであることもしっかりと説明する。

「広告代理店の社員なだけあって、その辺りの分析力はさすがだな。けど……」

やっと褒めてもらえたかと思いきや、櫂の声音はまた一段険しくなる。

「小賢《こざか》しい」

「え？」

「小賢しいと言ったんだ。カレーなのかシチューなのか、はっきりしない中途半端なものを作るのは俺の美学に反する」

遠慮のなさすぎる物言いに、咲穂は目を丸くして彼を見返す。

（期待外れとか、小賢しいとか。この人、ワードチョイスが絶妙に失礼すぎない⁉）

仕事には厳しいが、紳士だと聞いていたのに……想像していた人物像とはだいぶかけ離れている。

有能なのは間違いないのだろうけど、好きではない。咲穂はそれを確信した。

「なんだ？　不満があるなら言ってみろ」

唇を引き結んでいた咲穂に、彼が突っかかる。

「では、僭越《せんえつ》ながら申しあげます。ＣＥＯの美学は売上より大切なのでしょうか？

イエスマンは望まないとおっしゃったのに、ご自分のセンスに反するという理由だけで部下の口を塞《ふさ》ぐのは――」

咲穂の言葉を遮って櫂が言う。

「寒いではいないだろう。現に今、君は俺を相手にズケズケと物申しているじゃないか」

（ズケズケって……うぅ、いちいち言い方が嫌みね！）

〝好きではない〟から〝嫌い〟にランクダウンしそうだが、咲穂は大きく息を吐いてどうにか心を落ち着ける。

（この人は出向先のＣＥＯ、私が盾突いていい相手じゃない。おまけに、私の人生が懸かった仕事の総責任者。クビにされたら詰み、よ）

まるで咲穂の心中を察したかのように、彼はどこか愉快そうに目を細めた。オンモードの愛想笑いとは少し違う、素の彼が見えたような気がする。

「君が、まぁわりと優秀なのはよくわかった。俺は君のシチューがまずかったとは言っていない。その腕を正しい方向に振るってほしいと要望している」

（『まぁわりと』は余計だけど、もしかして褒められてる？）

咲穂はチラリと彼を見る。

「つまり、私は間違った方向に進んでいる。今の考え方では売上に繋がらない。そういう意味でしょうか?」

「いや。売上のみを考えるなら、君の企画案は正しいだろうな」

耀は顎を撫《な》でる仕草をしながら、あっさりとそう言った。

「どういうことですか?」

「リベタスには売上より大切にしたいものがある、ということだ。それがなにかは、君が自分で考えてみろ」

「売上より大切にしたいもの……」

咲穂は彼の言葉をオウム返しにつぶやいてみる。

「俺の時間を無駄にしないと言った、さっきの台詞。忘れないからな」

挑発するような笑みを見せつけて彼は去っていった。


数日後。季節は十月、すっかり秋らしくなった風が心地よい。夕焼けに赤く染まる銀座《ぎんざ》の街を歩きながら、咲穂は悩んでいた。

(女性客がコアターゲットで男性はサブターゲット、この考え方ではダメなのよね。だけど、広告は売上を抜きに考えるわけにはいかないし)

CEOのダメ出しを受けて、広報チーム一丸となって企画を練り直している最中なのだが……状況は順調とはいえない。

(でも、リベタスは私にとって最後のチャンス。諦めるわけにはいかない!)

咲穂はグッとこぶしを握って、前を向く。

(このプロジェクトを成功させて、お父さんを説得するんだから)

『わかった。三年で、お父さんが認める結果を出してみせる』

それが就職時に実家の父と交わした約束だった。

咲穂の実家があるのは九州のとある県。温泉地として全国的にも知られる街で、代々麦焼酎の蔵元を営んでいる。事業規模は決して大きくないけれど、創業時から変わらない製法と味がウリだ。

(お酒の味はそのままでいいけど、価値観はアップデートしてほしいものよね)

咲穂の父は絶滅危惧種レベルの古くさい男で、『家にあっては父に従い、嫁しては夫に〜』なんて戦前の言葉を本気で素晴らしいと信じている。

専業主婦の母、父に命じられるまま家業を継ぐと決めた兄。ふたりが従順だからこそ、余計に父は反抗的な咲穂が気に食わないらしい。昔から衝突してばかりいた。

大学進学で東京へ行くことはどうにか許してもらったが、こちらでの就職は進学以上に大反対された。

『仕事は地元でしろ。住み慣れた土地で、結婚して子どもを産むのが女の幸せだ』

そう主張する父と、散々揉めた。けれど母が味方してくれて、三年間だけは自由にしていいという約束を取りつけたのだ。

この三年、我ながら仕事ひと筋でがんばってきたと思う。手掛けたWEB広告がかなり話題になったりもしたのだが……父は咲穂の仕事を男性社員のアシスタントだと思い込んでいる。どれだけ違うと説明しても、はなから理解する気がないのだろう。

約束の三年もあと半年で終わってしまう。そんなときに巡《めぐ》ってきたチャンスが、このリベタスプロジェクトだった。

(地元のお茶の間に、私が手掛けたCMが流れるかもしれない。そうすれば近所の人にも見てもらえる)

地元で商売をしていくうえで地域のコミュニティは非常に重要で、あの頑固な父も商工会の会長の言うことならあっさり聞いたりするのだ。

(近所の人たちに〝東京で活躍する立派な娘さん〟って褒めてもらえるようになれば、お父さんは絶対に手のひらを返すはず!)

父を長年そばで見てきた母も、この作戦には太鼓判を押してくれた。そんなわけで、リベタスには文字どおり咲穂の人生が懸かっているのだ。

あらためて気合いを入れ直し、咲穂は目的地へと足を速めた。

銀座の一等地にある美津谷家所有のビル。一階にはマリエルジュをはじめとしたMTYブランドの化粧品ショップたち、二階にはカフェ、三階にはラグジュアリーなバーが入ったMTYジャパンのフラッグシップビルだ。

赤と黒を基調とした、高級感あふれるマリエルジュのショップ。その店頭でなにやらイベントをやっていて、客が大勢集まっていた。

(綺麗《きれい》な人がいっぱいで華やかだな～。あ、男性のお客さまもいるんだ)

化粧品の調達は通販かドラッグストアで済ませてしまう咲穂にとって、こういう場所は少し緊張する。だけど……。

『リベタスには売上より大切にしたいものがある』

よく通る、涼やかな櫂の声が耳に蘇《よみがえ》る。

(その答えが、ここで見つかるといいんだけど)

ここにはMTYブランドのファン、すなわちリベタスの潜在顧客が集まっている。なにかヒントがあるのでは？　そう考えたのだ。

（せっかくだから自分用の化粧品も買ってみよう。担当になったからにはメイクは苦手と避け続けていないで、ちゃんと勉強しなくちゃ）

イベントがちょうど終わったようで、咲穂の入る隙間が空いた。ユリをモチーフにしたマリエルジュのロゴマークの入ったリップが、目の前にずらりと並ぶ。

（いつもと同じベージュ系のリップをと思っていたけれど、ベージュだけで何種類あるんだろう？　どう選んだらいいのか、さっぱり……）

「よかったら、相談にのりましょうか？」

まごついていた咲穂に、柔らかな声がかけられる。

「あ、ありがとうございます」

顔をあげた咲穂は、思っていたより近い距離にいたその人に目を奪われた。

（わぁ、なんて綺麗な男性《ひと》）

男女の枠組みを超越したような美貌の持ち主だ。

白くなめらかな肌に、優しいヘーゼルカラーの瞳。瞳と同じ色をした髪は、うなじが隠れるほどの長さで、無造作にセットされている。小顔で、手足がものすごく長い。

黒いシャツとパンツ、シンプルなファッションがとてもオシャレに見える。

「あ、えっと……マリエルジュのビューティーアドバイザーさんですか？」

ビューティーアドバイザー、通称ＢＡ。最近は男性ＢＡも珍しくないという話は、理沙子から教えてもらっていた。

「いや、僕はメイクアップアーティスト。ほら、そこのポスターと同じ顔でしょ」

彼は店頭の看板を指さしながら言う。たった今やっていた、イベントの告知ポスターが貼られている。人気のメイクアップアーティストが抽選で客にメイクをほどこしてくれるという企画だったようだ。

「七森悠哉《ななもりゆうや》……さん？」

その人気メイクアップアーティストというのが、どうやら彼のことらしい。

「すみません、私こういう世界に疎《うと》くて」

有名人なら名前を知らないのは失礼だったかと思い、咲穂は頭をさげたが、彼のほうに気にするそぶりはない。

「うん。様子を見てて、化粧品に疎いのはわかった。僕はＭＴＹ専属みたいなものだから……選ぶの手伝ってあげる」

クスリと笑うその姿は妖艶《ようえん》で、どこかミステリアス。簡単には人に懐かない、高貴な洋猫を思わせる。

「じゃあお言葉に甘えて。私くらいの年代の女性には、今、どんな色が人気ですか？」

「今年のトレンド色はいくつかあるけど……耀に怒られるからなぁ」

彼は口元にこぶしを当てて、笑いをこらえるような仕草をする。

（かい？　美津谷ＣＥＯと同じ名前……）

「マリエルジュでは、トレンドとか年齢のカテゴライズでお客さまに商品をオススメしてはいけない決まりがあるんだ」

「えっ、そうなんですか？」

ドラッグストアのコスメコーナーでは、【一番人気！】などと書かれたＰＯＰをよく見かけるので意外だった。

「お客さまを一番輝かせるアイテムを一緒に探す。それが僕やＢＡの仕事だからね。似合う色は人それぞれ違う。女性は年を重ねると『ピンクの口紅は卒業』なんて、よく言うけれど……すごくもったいない。いくつになっても、ピンクが似合う方はたくさんいるのに」

「なるほど。無意識のバイアスってやつですね」

広告の仕事をするうえでも、よく出てくる言葉だ。誰しもが持つ、潜在的な偏見や先入観。〝料理を作るのはお母さん〟とか、悠哉の言った〝ピンクは若い女の子の色〟とか、そういう勝手なイメージのことだ。

「たとえば男性のメイク。まだまだメイクをする男性は特別な存在と見られているよね？　ヘアセットと同じ感覚で、眉を整えたりコンシーラーでクマを隠したりしてもいいと僕は思うんだけどね」

ドキリとした。

（私、男性顧客を思い浮かべるとき……美容師さんとかアパレル店員さんとか、そういう業界の人を無意識にイメージしていたかも）

女性は結婚して家庭に入る。それが普通だと主張する父の価値観は古いと思うのに、自分も似たような偏見を抱いていたことに気がつく。

（もしかしたら、美津谷ＣＥＯはそれを見透かしていたのかな）

咲穂が彼を思い出したそのとき、悠哉がパッと明るい表情になって片手をあげた。

「櫂！」

悠哉の視線の先に、咲穂も顔を向ける。

（え、どうして⁉）

「残念。イベントを見学したくて来たんだが、間に合わなかったか」

「一歩、遅かったね」

向こうから歩いてきた櫂が悠哉と親しげに言葉を交わす。次の瞬間、咲穂の存在にも気がついたようだ。

「出水か。どうしてここへ？」

「企画案のための勉強を、と思いまして」

会話をしているふたりに、今度は悠哉が首をかしげる。

「あれ、ふたりは知り合いなの？」

燿が間に入る形で、あらためて自己紹介をし合う。なんと、燿と悠哉は小学生の頃からの友人らしい。

「まぁ、腐れ縁だな。今も同じ業界で仕事をしているから顔を合わせる機会も多いし」

「腐れ縁だなんて冷たいなぁ。よく顔を合わせるのも、燿が僕をご指名するからじゃないか」

「――俺個人じゃなく、社の判断だ」

ふたりの歴史は知らなくとも、仲良しなのは伝わってきた。とくに悠哉の燿への信頼は絶大のようだ。

（七森さん、燿さんの前だと雰囲気が違うな）

咲穂にも気さくに笑いかけてくれてはいたけれど、隙のないクールな印象だった。

けれど今、燿に見せている顔は別人のよう。孤高だった洋猫が人懐っこい大型犬に変貌したみたいだ。

櫂のほうも、悠哉といるとCEOっぽさが薄れてごく普通の男性に見える。

「それで、得るものはあったのか？」

悠哉との話が一段落したところで、櫂は咲穂に顔を向けた。

「はい。前回の企画を美津谷CEOにダメ出しされた理由は理解できました」

売上がどうこうはあとづけの理由。自分は結局、化粧品を買う男性は〝特別で少数派〟と決めつけていた。

それなのに上辺だけの、ジェンダーレス風な広告を作ったりして……。

（まさに中途半端で小賢しい。この人の言うとおりだった）

咲穂は上目遣いにそっと櫂をうかがう。目が合うと、彼は満足そうに口角をあげた。

「期待外れ、は撤回しよう。予想より成長が早くて助かるよ」

「次のプレゼンで百点を取らないといけないので！」

「それなら……」

櫂の長い指が、咲穂の手首をつかむ。

「今から君の時間を俺にくれないか？　無駄にはさせないから」

先日の咲穂と似たような台詞を、今度は彼が言った。

「今から……ですか？」

「あぁ、企画会議をしよう。今ならいい案が浮かびそうだ」

楽しいイベントを前にワクワクしている子どもみたいな、無邪気な笑顔。こんな表情を見せられたらノーとは言いづらい。

「燿のワーカホリックはあいかわらずだな」

聞いていた悠哉がおおげさに肩をすくめる。それから、彼は続けた。

「でも、少し待ってあげてよ。今、彼女のリップを選んでいるところだったから」

「あ、いえ。リップは今日じゃなくても、まったく問題ないので……」

いくらなんでも、自分の買いもののためにＣＥＯを待たせるわけにはいかない。そう思ったが、燿は意外にも「構わない」と答えた。

「悠哉にアドバイスをもらえるチャンスは逃さないほうがいいぞ」

その言葉を聞いた悠哉がクスリと蠱惑的《こわくてき》に笑う。

「せっかくだし、燿も選ぶのを手伝ってよ」

（どうして、こんな状況に？）

勤め先のＣＥＯと人気メイクアップアーティストに、コスメ選びを手伝ってもらうという不思議な事態になってしまった。

咲穂の顔とずらりと並ぶリップを交互に見て、櫂が一本を抜き取る。

「これはどうだ？　瑞々しいクリアレッド」

「わぁ……綺麗」

自分ではおそらく選ぶことのない、華やかな色だった。

「君を輝かせる色だと思うよ」

言って、櫂は自信たっぷりに笑む。

（でも、赤い口紅なんて初挑戦だけど大丈夫かな？）

「これはシアーに色づくタイプだから、派手にはならない」

咲穂の逡巡《しゅんじゅん》を察したのだろう。横から悠哉がそう助言し、自分も櫂に賛成だと付け加える。

「僕も、その色が一番似合うと思うな」

ふたりに太鼓判を押されて、なんだかその気になってきた。

「じゃあ……これにします！」

（なんだろう。私、すごくワクワクしてる？）

言葉は悪いが、咲穂にとってコスメは消耗品に近いものだった。深く考えずに、前と同じアイテムを買い足す。

だから、こんなふうに気分が高揚するのは初めての経験で……。

(明日の朝が楽しみ。なるほど、コスメにはこんな力もあるんだな)

ほとんどの成人女性は体験済みのことかもしれないけれど、咲穂には新鮮だった。

「お会計、お願いします」

BAさんに声をかけながら、財布を出そうとした咲穂の手を悠哉が止める。

「あぁ、大丈夫。ここは櫂が払うから」

「え?」

「なんでだよ」

咲穂と櫂が同時に声をあげる。クスクスと笑って、悠哉は続ける。

「だって、こんな時間から彼女に仕事をさせる気なんでしょう? なら、残業代を払わないと」

茶目っ気たっぷりにウインクをしてみせる悠哉に、櫂は大きく肩をすくめる。

「……まぁ、お前の言うことも一理あるか」

ジャケットの内ポケットから革のカードケースを出す櫂を見て、咲穂は慌てた。

「いやいや、そんなわけには!」

「もらっておきなよ。櫂は仕事となるとノンストップだから。残業代には足りないくらいかもよ？」

その言葉に櫂もうなずく。

「そうだな。このあとの仕事できっちり回収するから、遠慮なく受け取れ」

結局、支払いは櫂が済ませてしまった。ユリのロゴマークが入ったショップバッグを手に、咲穂はぺこりと頭をさげる。

「ありがとうございます。七森さんも、貴重なお話を聞かせてもらえて勉強になりました」

「どういたしまして。それじゃ残業、がんばって」

彼は手を振り、送り出してくれた。

悠哉と別れたふたりは、このビルの三階に入っているバーに向かう。個室があるので、櫂はビジネスでもよく利用するそうだ。

「足元に気をつけて」

当然のように、咲穂の手を取りエスコートしてくれる。ハリウッドセレブと並んでもまったく見劣りしない美貌、そしてこの優雅な立ち居振る舞い。マスメディアが財界のプリンスともてはやすのも納得だった。

世界的セレブ、美津谷櫂とふたりきりでいる。仕事とはいえ……そのインパクトに自分でも驚いてしまう。

(でも、ここまで別世界の人だと、かえって意識しなくて済むかも)

いくら仕事でも男性とふたりきりでバーなんて、普通なら緊張してしまう状況だけれど……彼が相手だとそんな意識すらおこがましくて湧いてこない。

通された個室は、黒とシルバーのシックな内装で素敵だった。カップルの客を意識しているのだろう。窓のほうを向いた大きなソファは横並びで座るタイプのもの。

「わぁ、ふかふか」

座り心地のよさに感動していたら、櫂にふっと笑われてしまう。

「プレゼンのときも思ったが……君は大物だな」

「え?」

「俺の前で〝いつもどおり〟を貫ける人間は、そう多くない」

不遜《ふそん》なように見えて、どこか寂しげな微笑だった。

(……セレブなりの苦労が、やっぱりあるのかな?)

一挙手一投足を世界中から注目される生活など咲穂には想像もつかないが、きっとよいことばかりでもないのだろう。

だが、櫂の表情はすぐさまオンモードに切り替わる。

「早速だが、仕事の話をしよう」

「はい！」

咲穂も背筋を伸ばした。

「リベタスはうちの看板ブランドに育てるつもりだ。日本で成功させたのちは、世界でも展開していきたいと考えている」

現在の主力ブランドであるマリエルジュは根強いファンがついているものの、若者には少し古くさいと思われてしまっている点が課題だった。イメージ刷新《さっしん》のための施策を色々やったけれど、大きな成果は得られず……。

ならばいっそ、新しい看板ブランドを――。そうして企画されたのが、このリベタスプロジェクトであることは咲穂も聞いている。

悠哉に忠告されたとおり、彼はビジネスとなるとかけらも妥協できないようだ。

ブランドコンセプトを体現する映像はどんなものか、モデルは誰を起用するか、CMの展開方法は？　議論は白熱し、あっという間に二時間近く過ぎていた。

「ジェンダーレスを訴える意味でも、CMは男女モデルの共演がいいだろうな」

「そうですね！　恋人なのか夫婦なのか兄妹なのか、ふたりの関係性はお客さま自身で想像してもらう。そんなイメージはどうでしょう？」
普通、どんな商品でもターゲットは明確に想定するものだが……リベタスに関して
は、櫂はそれをしたくないのだと思った。
それは正解だったようで、彼の表情がパッと明るくなる。
（うん。こうして顔を合わせて議論したことで、彼のビジョンをしっかり理解できた
気がする）
「こちらが一方的にオススメするのではなく、お客さまに選んでもらう。冒険的なア
プローチですけど、今の時代には合っていますよね」
咲穂の言葉に彼は目を細めた。
「まさに、それが俺の言った〝売上より大切にしたいもの〟だ。『これでいい』じゃ
なく『これがいい』と思って、うちの商品を選んでもらいたい」
自信に満ちた彼の笑顔。思わず目を奪われた。
（あぁ、この人は自分の扱う商品を心から愛しているんだな）
噂どおり、彼は厳しい人だ。だが、自分の仕事にそれだけの誇りと熱意を持ってい
るのだとわかった。咲穂はこの仕事に人生を懸けて挑むつもりだ。だから、プロジェ
クトリーダーである彼のこういった姿勢はとても心強い。彼についていきたいと思わ

せてくれる。

「毎朝、毎晩、手に取るたびにワクワクする。顧客にときめきを提供すること。リベタスが目指すのはそこだ」

「手に取るたびにワクワクする……かぁ」

化粧品を消耗品と考えてきた咲穂には、少し耳が痛い。

「その表情を見るかぎり……君は化粧を義務としてこなしているタイプだな」

苦笑して櫂が言う。咲穂は小さく肩をすくめる。

「おっしゃるとおりです。ファッションやメイク、昔からどうも苦手分野で」

広告代理店というと、世間的にはオシャレで華やかなイメージがあるのかもしれないが……部署や担当するクライアントによってもまったく異なるし、みんながみんなキラキラしているわけでもない。納期直前ともなると、オシャレどころか清潔を維持するだけで精いっぱいだったりもする。

「化粧品会社の人間として、それはちょっと悔しいな。——あぁ、そうだ」

なにか思いついたようで、彼は楽しそうな顔を見せる。

「さっきのリップ、塗ってみたらどうだ？」

「えっ……」

「きっと、変身する楽しさがわかると思うから」

甘やかに、彼は笑む。こんな表情をされたら断れない。咲穂は促されるまま、先ほど櫂にプレゼントしてもらったリップを袋から取り出し、唇に引く。

「こんな感じかな? わぁ、綺麗な色!」

小さな手鏡に映る自分の顔が一瞬にして華やいだ。隣の櫂が上半身を傾けるようにして咲穂の顔をのぞく。

「いいな。けど……」

ふいに距離を詰めてきた彼に、リップを奪われる。

櫂がなにを思いついたのか、咲穂にはさっぱりわからない。

「あの、なにを?」

「俺なら、こう塗るかな?」

不敵な笑みを浮かべた彼の顔がさらに近づく。どうやら、リップを塗り直してくれるつもりのようだ。

(み、美津谷櫂に……メイクをしてもらうって、どういう状況⁉)

「あ、あの……世間に知られたら袋叩きにされそうなので、こればかりは遠慮しておきたいのですが」

「大丈夫。君と俺だけの秘密にしておけばいい」

宝石のような瞳が、咲穂をつかまえる。囚《とら》われて、まばたきひとつできずに彼を見つめ返す。不覚にも心臓がドクドクとうるさく鳴っていた。

迫ってくる彼を直視できず、咲穂は思わずギュッと目をつむる。

「……キスするわけじゃないから、瞳を閉じる必要はないが」

からかうような笑い声が聞こえたのと同時に、大きな手が咲穂の顎にかかる。

（わ、わぁ！）

「こういう色はラフに、少しオーバーリップに塗るといい」

化粧品会社の御曹司なので、きっと勉強もしてきたのだろう。メイクのテクニック的なものを櫂が教えてくれるけれど、自身の心音にかき消されてよく聞こえない。

「よし、ＯＫ」

櫂の手が顔から離れる。それでようやく咲穂は大きく息をついた。

「ほら、どうだ？」

櫂が見せてくれる手鏡のなかに、自分の顔が映り込む。

「わ、さっきより素敵になってる！」

卑下するわけではないけれど、自分は地味顔。よくも悪くも目立たないタイプだと分析していたが、その思い込みをひっくり返された。

「すごい。オシャレで、今っぽい。塗り方ひとつで、こんなに変わるんですね」

オーバー気味に塗った赤リップが唇をふっくらと色っぽく見せる。カジュアルなのにどこか小悪魔的で、まさに変身だった。

興奮気味の咲穂を見て、櫂は満足そうにうなずく。

「だろう？」

「美津谷ＣＥＯのおっしゃる〝売上より大切なもの〟を実感できた気がします！」

宝物を見つけたような、ドキドキワクワクする気持ち。リベタスが顧客に提供したい価値はきっとこれなのだろう。

「君は癖の少ない顔立ちで、無色透明だ。どんなメイクも映えるし、いくらでも変身できる。俺にとっては……理想の女性だな」

理想の女性。その単語に咲穂の心臓はドクンと跳ねた。カッと熱くなった頬を押さえて、櫂を見る。だけど、彼は自分の発言が与えた影響など、まったく気にも留めていない。

「きっと、リベタスのアイテムもよく似合うよ」

まじまじと咲穂を見つめ、そう言った。

（メイク映えするシンプルな顔って意味で、別に褒められてないから。落ち着くのよ、咲穂！）

嫌みっぽくて意地悪な人。それだけだった彼の印象が、今夜でずいぶん変わった。その事実に咲穂はまだ戸惑っている。

彼がつまみにと頼んでくれたカラメル味のナッツをひとつ、口に入れる。独特の風味が舌の上に広がっていく。

（甘いのか、苦いのか、わからない。この男性《ひと》みたいだ）

「私のこと……期待外れだと言っていたのに、美津谷ＣＥＯは意外と面倒見がいいんですね。驚きました」

「あぁ、君はこのプロジェクトに人生を懸けていると言っただろう？　その本気が、どれほどのものなのか興味が湧いた」

そこではたと、彼は眉根を寄せて表情を曇らせる。

「別に女性としての君への関心じゃないから。誤解はするなよ」

咲穂は小さく息を吐いて、答えた。

「ご安心ください。私、そこまで自惚《うぬぼ》れ屋じゃないですから。それに、私にとっての美津谷ＣＥＯは遠い世界の……そう、宇宙人です！」

「宇宙人……君は失礼だと言われないか？」

遠い星に住む彼が、人間くさい顔を見せる。なんだか嬉《うれ》しくなって、咲穂はクスクスと笑った。

あっという間に時刻は夜十時。新しい企画の方向性も無事にまとまった。耀がテーブル会計を済ませたところで、咲穂のスマホが鳴り出す。実家の父からだ。

（いつものお小言……にしては、遅い時間ね。なにかあったのかな？）

「待っているから、遠慮なくどうぞ」

「あ、すみません」

耀に促され、咲穂はスマホを持って個室の外に出る。応答ボタンを押して、呼びかけた。

「もしもし、お父さん？」

『――咲穂』

スマホごしに聞こえた声はやけに深刻そうで、嫌な胸騒ぎがした。

どうして、悪い予感ほど当たるのだろう？　父の話は今の咲穂にとって、到底受け入れられないものだった。

通話を終えた咲穂は、スマホを持つ右手を力なくおろす。

（……どうしよう。嫌だけど、でも私が断ったら……）

呆然《ぼうぜん》とその場に立ち尽くしていた咲穂の背に声がかかる。

「電話は終わった？」

ハッとして振り向くと、個室と通路を仕切っているシルバーのカーテンを開けて、櫂がこちらをのぞいていた。咲穂の戻りが遅いので、心配してくれたのだろう。

「あ、いえ……お待たせしてすみませんでした」

言いながら、咲穂はスマホをパンツのポケットにしまう。

櫂はツカツカとこちらに歩いてきて、ためらいもせずに咲穂の頬に手を伸ばした。

「顔色が悪い。なにか悪い知らせだったのか？」

「えっと、たいしたことじゃないんですけど。その……もしかしたら私、リベタスプロジェクトを最後まで担当できなくなってしまうかも――」

思いがけず優しい瞳に見つめられて、ついぽろりとこぼしてしまった。

「どういう意味だ？」

彼が眉根を寄せて、咲穂に詰め寄る。

「説明してくれ。プロジェクトリーダーとして、君の離脱は無視できない問題だな」

その言葉に応じる形で、咲穂は口を開く。曖昧《あいまい》にごまかすこともできたのに……そうしなかったのは、きっと誰かに話を聞いてほしかったから。

たった今、父とした会話をそのまま彼に伝えた。端的に言えば、父の話は〝家業のために、地元に戻って結婚しろ〟ということだった。

「私の実家は九州で焼酎の蔵元を営んでいるんです。大繁盛ってわけじゃないけれど、それなりに堅実にやっていると思っていたんですが……そうではなかったみたいで」

実は一年ほど前から経営が苦しくなっていたらしい。プライドの高い父は咲穂には内緒だと、母や兄に口止めしていたそう。

「そんななか、やっと見つけた打開策が私の縁談ってことのようです。相手は、地元で飲食店を幅広く経営している企業の社長で……」

その企業は咲穂の実家にとっても、大口の顧客。姻戚関係になれば縁も深まるし、新しい取引先も開拓できる。相手男性はバツいち。子どもをもうける前に離婚をしてしまったそうで……咲穂が嫁いできてくれるのなら援助は惜しまないと言ってくれているらしい。

「つまり政略結婚か」

咲穂の話を、わかりやすい形で櫂が総括する。

「グローバルに活躍する美津谷CEOからすれば、いつの時代だ⁉って感じですよね。けれど、私の地元ではそう珍しい話でもなくて」

「いや、結婚以上に強固な同盟はない。ビジネスの世界では今でもよく聞く話だ」

櫂の顔がこちらに向く。話をするときに相手の顔をじっと見るのは、きっと彼の癖なのだろう。そう理解していても、この美しい瞳に見つめられると落ち着かない心地がする。

「その話を、君はどう思った？」

（嫌だ。私は仕事を続けたい、自分の夢を追いかけたい。でも……）

『先祖代々受け継いできた伝統と、一緒にがんばってきた従業員を守らなきゃならん』

父のその思いも無視はできなかった。大好きだった祖父、優しい従業員たち……家業を守りたい気持ちは、咲穂にだってもちろんある。

『少し時間をちょうだい。ちゃんと考えるから』

そう伝えて、電話を切ったものの……。

（なにをどう〝ちゃんと〟考えればいいんだろう。夢か、実家か、選ばないといけないの？）

『仕事のことは女にはわからない』とずっと蚊帳《かや》の外に置いていたくせに、こんなときばかり頼ってくる父や兄への怒りも湧いてきて、咲穂の感情はグチャグチャだった。

「大丈夫か？」

『零点』と突きつけたときとは別人みたいな、櫂の優しい声。

だけど、これ以上甘えるわけにはいかない。彼にとって自分は、数えきれないほどいる部下のうちのひとりでしかないのだから。

咲穂は小さく深呼吸をして口角をあげた。

「大丈夫です。弱音を吐いたりして、すみませんでした。リベタスを成功させたいので、実家の救済はほかの方法を考えてみます！」

「それならいいが」

櫂はまだ心配そうな顔をしていたが、咲穂は強引に話を打ち切って店を出る。

「地下の駐車場に運転手を呼んでいるから、君も乗っていくといい」

「いえいえ、私は電車で！」

まだ電車の走っている時間だ。

「いいから」

櫂は咲穂の腕を引き、エレベーターに乗り込む。地下の駐車場までおりるようだ。

ふたりきりの空間に沈黙が落ちる。

「さっきの話」

「え？」

「ほかの方法が見つからなかったときは、相談しろ。これは個人的な感情だから強制はできないが……俺は君にプロジェクトを抜けてほしくない。きっといい仕事ができるだろうとワクワクしていたから」

心が震える。耀はきっと無自覚だろうけど、それはどんな言葉より力強く、咲穂を励ましてくれた。

（この人のもとで、仕事がしたい）

「あ、ありがとうございます。大丈夫です、絶対になんとかしますから」

（そうだよ、政略結婚じゃなくても……実家を助ける方法はほかにもあるはず）

「ぜひ、そうしてくれ」

エレベーターの扉が静かに開き、ふたりは歩き出す。

「そこの角、少し段差になっているから――」

彼がそう注意をしてくれたが一歩遅かった。咲穂は小さな段差に足先をガッとぶつけ、バランスを崩す。

「きゃっ」

倒れそうになった咲穂の身体を櫂が自身の胸で受け止めてくれる。

「ご、ごめんなさい！」

咲穂が小さく叫んだのと、カシャカシャという妙な音が響いたのはほぼ同時だった。

咲穂はすぐに彼から離れ、周囲をキョロキョロと見回す。すると、一台の白い車が逃げるように走り去っていった。

「あの、今……カメラのシャッター音みたいなのが聞こえませんでしたか？」

櫂は大きな手を自身の額に当て、深いため息をついた。

「……悪い。多分、どこかの記者に撮られた」

櫂の説明を聞いた咲穂は、静かな駐車場に響き渡る大声をあげてしまった。

（まさか、こんな事態になるなんて……）

もはや芸能人並みの注目を集めている彼を狙った週刊誌の記者に、ツーショットを撮られてしまったという状況のようだ。おまけに〝熱愛報道〟という形で、それが世に出るかもしれないらしい。

パニックでなにも考えられない咲穂とは対照的に、彼はこの短時間で様々な戦略をシミュレートし、最適解を導き出したようだ。

「出水咲穂さん」

あらたまった口調で咲穂を呼び、美しい瞳をこちらに向ける。

「俺たち、結婚しないか？」

東京、丸《まる》の内《うち》。高層ビルが立ち並ぶこのエリアにあっても、ひと際目を引く洗練された建物がＭＴＹジャパン本社ビルだ。

バーでの夜からちょうど一週間。咲穂は今後についての作戦会議という名目で、櫂に呼び出されていた。

夕日の差し込むＣＥＯの執務室で彼と向き合う。

「まず、俺の問題に君を巻き込んで迷惑をかけたことを謝罪したい。申し訳なかった」

櫂は真摯《しんし》に頭をさげた。

「いえ。記者の件はＣＥＯのせいではありませんし」

悪いことをしているわけでもないのに追いかけ回されて、彼だって被害者だろう。

「それより、記事は本当に出るんですか？」

正直なところ、咲穂は半信半疑でいる。櫂がどれだけスーパースターでも、撮られた相手である自分は一般人。記事にするほどの価値はないだろうという楽観的な考えも捨てきれずにいた。

「残念ながら、出る。これがそのコピーだ」

櫂は数枚の紙を咲穂に手渡す。

「発売日は来週の火曜だ」

彼が発売前に手に入れたらしい記事に、咲穂は素早く目を走らせる。あまりの衝撃にそのまま卒倒しそうになった。

（ちょっと転んだところを支えてもらっただけの場面なのに、熱い抱擁に見えるのはどうして⁉）

カメラマンの腕なのか、見出しの煽《あお》り文句のせいか。ものすごく、それらしい写真に仕上がっていた。記事のコピーを持つ咲穂の指先がプルプルと震える。

「財界のプリンス美津谷櫂の火遊び⁉　お相手は一般女性のA子さん。このA子さんって私のことですか？」

「そうだろうな」

「女優のユイにそっくりの美女……人生で一度も言われたことありませんけど⁉」

「まぁ、どこも似ていないし。単純に読者の食いつきを考えたんだろう。ほら、君の顔自体はほぼ写っていないから、虚偽にはならない」

（こ、こんなときまで発言が失礼……）

言葉選びに難があるのは彼のデフォルト設定なのだろう。そこはもう諦めることにして、咲穂は話を続ける。

「これ、社内の人が読めば私だとわかりますよね？」

どこでどう調べたのか、A子が櫂の部下で、彼が指揮する新ブランドのプロジェクトメンバーであることまで記載されているのだ。

記事が出たら、みんなからどんな目で見られるか……。

「リベタスのプロジェクトメンバーには、発売日前日である月曜にこの件を説明するつもりでいる。その前に……君の返事を聞いておきたい」

含みのある眼差しが咲穂に注がれる。

「俺のプロポーズを受けてくれるか？」

その問いかけで、先日の彼の言葉が本気だったことが証明された。

「週刊誌の件と君の実家の問題、全部まとめて解決できる。君にとっても、悪い提案じゃないはずだ」

「だからといって結婚なんて……そう簡単にうまくいくとも思えないですし」

「なら、もう一度嚙み砕いて説明しようか。まずは君のメリットから」

そう前置きして、彼は話し出す。

「結婚してくれるのなら、俺は夫として君の実家を助けるよ。俺にはCEOの報酬以外にも不動産資産などが潤沢《じゅんたく》にあるし、必要十分な支援を約束する」

咲穂の縁談相手とはおそらく勝負にすらならない、莫大な金額を彼は提示した。

「これで、君はこっちに残って心置きなく仕事に邁進できるな」

（仕事は続けたい。でも……）

目の前の彼との結婚、どうがんばっても現実として想像できないのだ。そんな咲穂を置いてきぼりにして、彼は続ける。

「次に俺のメリット。この記事だが、白状すればちょっと頭の痛い問題だ。リベタスは俺が陣頭指揮をとることもウリのひとつにするつもりだから、今は〝美津谷櫂〟のブランドイメージを落としたくない」

その主張自体は納得できるものだ。広告業界には芸能人の好感度や潜在視聴率をランキング化した指標が存在するのだが、美津谷櫂のそれは間違いなくトップクラス。人気女優や超一流アスリートと同等のブランド力がある。

櫂は自身の価値を客観的に把握している。ビジネスにシビアな彼らしい一面だ。

「このタイミングで記事を差し止めることは難しい。そこでだ、俺はこの記事にある一般人のA子さんと結婚する」

確認するまでもなく、A子さんとは咲穂のこと。

「もてあそんだわけではなく本命の恋人、そしてきちんと結婚をする。記事のマイナスイメージを一瞬で払拭できるし、堅実な職場内結婚の好感度はかなり高いはず」

言いたいことは理解できる。美津谷櫂は仕事にストイックでクリーンなところが、老若男女に好かれているのだ。その彼が誠実な恋愛、結婚をしたとなればますますの好感度アップは間違いなしだろう。

（それはわかる。わかるけど！）

「……世界的セレブなのに、意外と細かい計算もするんですね」

思わず口をついて出た咲穂のツッコミを彼は鷹揚《おうよう》に受け流す。

「当然だ。大きな成果は、細かい計算の積み重ねだからな」

咲穂はどうにか心を落ち着けて、頭を整理する。

「私のメリットはわかります。でも、CEOは……本当に好感度のためだけに結婚する気なんですか？」

なにか裏があるのでは？　疑惑交じりの咲穂の視線を、彼は堂々と受け止めた。

「好感度ではなく、リベタスの成功のためだ。実は……俺もちょっと厄介《やっかい》な問題を抱えていてね。俺に弟がいるのは知っているか？」

「はい、白木チーフから聞いたことがあります。潤《じゅん》さんとおっしゃるんですよね？」

たしかMTYジャパンの営業部に所属していたはずだ。

『お兄さんとはあまり似ていないけどね～』

理沙子がそんなふうに話していたことを思い出す。

「その弟さんと、今回の件にどんな関係が？」

彼の話によると、櫂と潤は異母兄弟なのだそう。

「よくあるお家騒動ってやつだ。俺は前妻の子で、後妻である継母《はは》は自分の産んだ潤を父の後継者に据えたいと考えている。だから俺が邪魔なんだ。この週刊誌の記者も継母の差し金だろうと思う」

「え、CEOのゴシップを狙って……という意味ですか？」

イエスと答える代わりに、彼は大きく息を吐く。

「大きなものから、このレベルのくだらない嫌がらせまで。彼女は俺の足を引っ張ることに夢中でね……」

そう言われてみると、【火遊び】だの【部下の女性をもてあそぶ】だの、この記事は櫂を貶《おとし》める意図で書かれているように思える。

櫂は「ここだけの話」と社内事情も明かしてくれた。

親会社のＭＴＹニューヨークからやってきた彼にとって、この日本法人は決して味方ばかりの場所じゃないのだそうだ。

「俺は弟と表立って対立しているつもりはないが、どうしても派閥のようなものはできてしまっていてね。継母の率いる弟派の連中は、リベタスプロジェクトが失敗に終われば、嬉々《きき》として俺を引きずりおろすだろう」

強い目が咲穂を見つめた。

「君と同じく、俺もこのプロジェクトに人生を懸けているんだ。そして、リベタスの成功には君が不可欠だと感じている」

耀は大きな手をこちらに差し出す。

「だから、崖っぷち同士で手を組まないか？」

咲穂はゴクリと唾をのむ。

（夢を諦めて地元で結婚するか、彼の手を取って夢に突き進むか……それなら！）

勢い任せすぎるかもしれない。けれど、もう迷わなかった。

彼の手をグッと強く握り返す。

「あなたと組みます。私も夢を叶えたい、絶対にリベタスを成功させたいので！」

二章　ビジネス妻になりまして

「それでは、おふたりのラブラブっぷりが永遠に続くことを願って！　かんぱ～い」

「ご婚約、おめでとうございまーす」

貸しきりにしたイタリアンレストランの店内に、十数名の祝福の声が響く。続いて、グラスを合わせる軽やかな音も。まだひと口も飲んでいないというのに、みんな浮かれきっている。金曜日の夜ならではの光景だろう。

蔵元の娘に生まれたのに、咲穂はあまりアルコールに強くない。だけど、今夜は素面《しらふ》ではいられない気がして、シャンパンをググッと喉に流し込んだ。

「こら、今夜の主役だからといって飲みすぎるなよ。君はそう強くないんだから」

櫂は額がくっつきそうな距離まで迫ってきて、優しくささやいた。あまりの近さに戸惑いながら、咲穂は小さく「……気をつけます」と返事をする。

「いい子だ」

ふっと漏れる笑い声、彼の手が咲穂の栗色の髪をさらりと撫でる。その瞬間、女性陣から「きゃ～」という歓声があがった。

「いやぁ、我らが美津谷ＣＥＯも愛する女性の前ではこんなふうになるんですね～。想定外でした」

先ほど乾杯の音頭をとってくれた、咲穂の上司である理沙子がニヤニヤと頬を緩めている。

「そうだな。俺自身も、咲……いや、出水さんに出会うまでは知らなかったよ」

うっかり下の名前で呼びかけて、慌てて名字に戻したものの……理沙子は決して聞き逃さない。

「なるほど、なるほど。プライベートでは『咲穂』って呼んでいるわけですね～。あぁ、開始三分にしてもうおなかいっぱい！　ごちそうさまです」

彼女のツッコミに周囲がドッと沸く。

今夜、この場に集まっているのはリベタスプロジェクトのメンバーたち。

週刊誌で騒がせることをわびる際に、櫂は咲穂との婚約をみんなに発表した。

『出会った瞬間に、彼女しかいないと確信したんだ』

電撃結婚の理由を、彼はそのひと言で押し通した。

咲穂が絶世の美女ならともかく……。

（どう考えても苦しい説明よね）

咲穂はそう思ったが、セレブの考えることは庶民には理解できないものだと、なぜかみんな納得してしまった。社内はお祭り騒ぎになり……こうして婚約祝いのパーティーまで開かれることになったのだ。

『プロジェクトの決起集会も兼ねて、盛大にやりましょ』と、理沙子が張りきって準備をしてくれていた。

貸しきりにしたこの店内もかわいらしく飾りつけられ、咲穂の視線の先にはアルファベットの文字が並ぶガーランドが垂れていた。

(ハッピーウェディング櫂&咲穂、かぁ)

もちろん、こうしてみんなに祝福してもらえることはありがたいと感じている。

白状すると、社内の女性たちから反感を買ってしまうのでは？と心配していたから。

だが、そういう反応はほとんどなかった。むしろ……。

『私たちの美津谷CEOがどこぞの海外セレブに奪われなくてよかった～。出水さん、お手柄ね‼』

そんな調子で拍手喝采を受けた。みんな、櫂はハリウッド女優やパリコレモデルと結婚するものと想像していたらしい。それと比べれば、同じ日本人かつ一般女性である咲穂との結婚は喜ばしいという心理のようだ。

だが、咲穂自身はこのお祭りを楽しむことなど到底できない。

自分で決断したこととはいえ、少し前までテレビのなかの人だった〝美津谷櫂〟との結婚がどんどん現実のものになっていく状況に正直おののいていた。

夫婦になる準備は恐ろしいほどに着々と進んでいる。

リベタス成功のため、一種のビジネスとして結婚をする。その提案に咲穂が合意したのは先週金曜日の夜のこと。櫂はすぐに行動を開始して、その翌々日の日曜日には咲穂の実家がある九州に日帰りの強行スケジュールで飛んだ。

電話で説明した時点では『咲穂が結婚詐欺師に騙《だま》された！』と呆《あき》れていた家族も、実際に櫂本人が実家に現れた途端に……手のひらを返して盛大に祝福してくれた。

（まぁ、これに関しては両親を責められない。私だって、もし友達から聞いた話なら『詐欺だ』って思うもの）

さらに櫂は、約束どおり実家への支援金も用意してくれていた。

美津谷家のほうは彼が話をまとめた……というより強引に押しきった様子だった。

（でも多分、歓迎はされていないんだろうな）

櫂は『こちらの家のことは気にしなくていい』としか言わず、咲穂はまだ彼の家族にあいさつもさせてもらっていないから。

そして週が明けた月曜日、会社で咲穂との婚約を発表し既成事実をつくる。火曜日の週刊誌発売とほぼ同じタイミングで、記事の女性とは真剣交際で結婚予定である旨を世間に公表。櫂は見事な手腕で、スキャンダルをおめでたいニュースへと変えてみせた。

（有能な人間は『忙しい』を言い訳にしないって、本当なんだな）

この一週間ほど、咲穂はただただ彼の行動力に舌を巻くばかりだった。この流れだと、きっとひと月もしないうちに自分は正式に彼の妻となるのだろう。

頭では理解していても、実感が追いつかない。

（だって、まさかこの私が……）

咲穂はチラリと隣の櫂を盗み見る。今夜も、一分の隙もない王者のオーラを放っていた。

「ほら、出水さん。素敵な婚約者に見惚《みと》れてばかりいないで、シンデレラになった心境を聞かせてよ～」

理沙子に肘でつつかれて、咲穂はハッと我に返る。どうやら、今日の主役としてあいさつを求められているようだ。ガタンと、勢いよく腰を浮かせる。

「え、えっと。このたび、美津谷ＣＥＯの妻をさせていただくことになりまして……」

しどろもどろで言葉を紡ぐ咲穂に、あちこちからツッコミが入る。

「出水ちゃん、緊張しすぎ」

「それじゃ、昇進のあいさつだよ！」

そう言われても、この場でなにを語ればいいのか、考えれば考えるほどわからなくなっていく。

（えっと、結婚のあいさつなんだから……）

苦し紛れに、咲穂は叫ぶ。

「み、美津谷ＣＥＯを！　幸せにできるよう精いっぱいがんばります」

咲穂の決意表明に、ドッと大きな笑いが起きた。

「あはは、男前だ～」

「おもしろいなぁ、出水さん」

（よかった、ウケた？　いや、この場面で求められているのはウケじゃないよね）

助けを求めるように、隣の彼を見る。すると櫂もスッと立ちあがり、咲穂の話を繋いでくれた。

「すごく嬉しいけど……その台詞は俺に言わせてほしかったかな？」

クスクスと苦笑しながら、櫂は咲穂の左手を取る。みんなに見せつけるようにゆっくりと持ちあげ、そっと唇を寄せた。

白い甲に口づけたまま、とろけるように甘い瞳が咲穂を見あげる。

「俺が、君を幸せにする。誓うよ」

「ほぅ」という感嘆の声がそこかしこから聞こえてくる。この場の誰もが、彼の完璧な王子さまぶりに酔いしれていた。

たったひとり、咲穂だけを除いて――。

(役者だなぁ)

『俺たちはビジネスとして結婚する。期間は互いの目的を果たすまで。人目のあるところでは仲睦まじい夫婦を偽装してもらうが、実際に愛し合う必要はいっさいない』

彼はこの結婚をそんなふうに説明した。

つまり、彼は今〝婚約者を溺愛する男〟を演じている最中なのだ。

(演技の才能まであるとか、どこまで超人なんだろう)

やっぱり彼は宇宙人なのではないだろうか？　咲穂は疑惑の眼差しで彼を見つめた。

夜十時半。列をなして流れていく車の赤いテールランプが、夜の街を照らす。

おおいに盛りあがった会もお開きになり、全員、ほろ酔いのふわふわした足取りでそれぞれの帰途につく。

「咲穂、俺たちはこっち」

ついうっかり、みんなのあとについて駅まで歩こうとしていた咲穂の腕を櫂が引く。

「運転手が来てくれるから」

「あ、そうでしたね」

咲穂は小さく肩をすくめ、それから帰っていくみんなを見送った。メンバーの背中が見えなくなったところで、隣の彼がくるりとこちらに顔を向ける。

さっきまでの甘い眼差しはどこへやら……ふたりの間を流れる空気の温度が急速にさがっていく。鬼のような形相で、櫂がにらみつけてくる。

「……君の演技の下手さは致命的だな。もう少し、なんとかならないのか？」

深いため息とともに、彼はそうこぼした。

「そんなこと言われましても、私はただの会社員で俳優さんじゃないですし」

婚約者の距離から上司と部下の距離に戻して、咲穂は彼のあとをついて歩く。

「それはそうだが、俺のフォローにも限界があるぞ」

「ＣＥＯは見事な演技力でしたね。さっきの名前の呼び間違いも、わざとですか？」

彼はさっき、『出水さん』と呼ぶべきところで、ついうっかり『咲穂』と口にしかけた。完璧主義の彼がそんなミスをするとは思えないので、きっとあえての演出だろう。

「当たり前だろう。どんな仕事もディティールが大事。あれで、みんなは俺たちの日常のワンシーンを想像したはずだ。嘘をつくからには徹底して。君も忘れるな」

美津谷櫂は完璧主義でとんでもなく有能。そして、大雑把な性格の咲穂にはやや……面倒くさい。

「とくに、さっきのあいさつはひどすぎる。あれじゃ嘘を見破ってくれと言っているようなものだ」

「──善処します」

これ以上お小言をもらわないよう、しおらしく答えたつもりなのに、鋭い目をした彼が人さし指を突きつけてくる。

「求めているのは、努力ではなく結果だ。俺たちの〝これ〟はビジネスなんだから」

「それはもう、よーく理解しております」

咲穂はコクコクとうなずいた。

(そうじゃなかったら……この人と結婚なんて、あるはずないもの)

ふいに、少し先を歩いていた櫂が足を止める。行く手を阻まれた咲穂はつんのめって、彼の背に顔をうずめた。

「きゅ、急にどうしたんですか？」

振り向いた櫂が、咲穂の腰をグッと抱き寄せる。今度は広い胸板に頬がぶつかった。

高級そうなトワレの香りに包まれて、心臓が騒ぎ出す。

「あ、あの？」

こんな至近距離は……まだ全然なじまなくて、咲穂は一瞬で余裕をなくす。

長い指が咲穂の顎をすくった。

「君の下手くそすぎる演技には……荒療治が必要かもな」

「――え？」

芸術品のような顔面が近づいてくる。長い睫毛《まつげ》に縁どられた綺麗な瞳の真ん中に、
オロオロする自分が映っていた。

（キス？　嘘でしょう……）

からかっているのか、それとも本気で〝荒療治〟をこころみるつもりなのか。彼の
本心がわからず、咲穂はおおいに戸惑う。

「……かわいい顔もできるじゃないか」

ゾクゾクするほど甘く響く声。彼の親指が咲穂の唇をなぞる。

（いやいや、これはルール違反よね）

実際に愛し合う必要はない、そう言ったのは彼なのだから。

自分には拒む権利があるはず。それなのに、魔法にかけられたように動けなかった。

思わず固く目をつむったその瞬間、鼻に違和感を覚える。

「え、え？」

目を開けた咲穂は、違和感の正体を理解した。意地悪な笑みを浮かべた櫂が、咲穂の鼻をムギュッとつまんでいるのだ。

「――キス、されると思った？」

手を放しながら、彼はニヤリと口角をあげる。

「今の表情はなかなかよかった。ちゃんと俺に恋してるように見えたぞ」

「あ、あ、あのですねぇ」

文句は山ほどあるものの、とっさには言葉が出てこない。

（優しい一面もあるし、悪い人じゃないかもって騙されかけたけど……とんでもない性悪だ！）

クスクスと笑いながら、彼は咲穂の頭をポンと叩く。

「心配しなくても、手は出さない」

不満を表明しようと、咲穂は思いきり頬を膨らませた。

「あ、当たり前です！」

「その代わり……君も俺には惚《ほ》れるな。さっきの恋する顔は、しっかり覚えておいて次は人前で見せてくれ」

仕事の指示を出すときとまったく同じ口ぶりで、彼は言った。咲穂はフツフツと湧きあがるイラ立ちをどうにか抑えて言葉を返す。

「絶対に惚れませんし、そもそも恋する顔なんてしていませんから」

「そうか？」

「そうです‼」

咲穂は彼を置き去りにして、大股で歩き出した。けれど、脚の長い櫂はあっという間に咲穂に追いつく。

「俺の奥さんは怒りっぽいな」

「まだ奥さんじゃありません。それに誰のせいだと……」

「さぁ」

白い歯のこぼれるその笑顔は……きっと極上に甘い猛毒。触れたら最後、痛い目を見るに決まっているのだ。

秋も深まる、十一月最初の土曜日。

表参道《おもてさんどう》駅からほど近い、ホテルライクな暮らしが叶う低層のラグジュアリーマンション。櫂がひとりで暮らしていたこの部屋が、今日から咲穂の家にもなった。

映画館みたいに大きなテレビを、咲穂はぼんやりと眺める。

世間に婚約を発表してから一週間以上が経ったにもかかわらず、昼の情報番組はいまだ〝美津谷櫂結婚〟のニュースで盛りあがっている。

『ハリウッド女優とかじゃなくて、日本人の一般女性ってとこがポイント高いです〜。誠実そうで、ますます美津谷さんのファンになりました〜』

彼の狙いどおり、世間は祝福ムード一色に染まった。

『お相手の女性、どんな人なんでしょうね？　羨《うらや》ましすぎます！　まさにシンデレラですもん』

街頭インタビューに答える、興奮気味の女性たち。

彼女たちの言う、『お相手の女性』は間違いなく自分のことなのだが……どこか遠い世界の出来事のように感じられた。

「どうぞ」

櫂が咲穂の前にティーカップを置く。

高級な紅茶のいい香りが、ふわりと鼻をくすぐる。

「あ、すみません。ありがとうございます」

ダイニングテーブルの向かいに彼も座り、やけに楽しげにこちらをのぞいた。

「シンデレラになった心境はどうだ？」

「……私はガラスの靴を落としたりしないので、ご心配なく」

咲穂がぼやくように言うと、彼はぷっと噴き出した。

「たしかに。君はハイヒールでも猛スピードで駆け抜けていきそうだな」

奥にあるテレビ画面に映っている人物が、自分の目の前で白い歯を見せて笑っている。この状況がやっぱり不思議で、現実感が薄い。

「今日は記念すべき同居初日だ。ゆっくりとうまい食事でも楽しみたいところだが、実務を先に済ませてもいいか？」

言って、彼はテレビを消す。広い部屋に静寂が訪れた。

「実務？」

「あぁ、婚前契約書と婚姻届への署名だ」

彼はファイルケースから書類を取り出して、テーブルに並べる。

「まずは婚前契約書からだな」

「婚前契約書？　なんですか、それ」

彼は当然のように口にするけれど、咲穂には聞き慣れない単語だ。首をかしげて尋ねる。

「結婚生活のルール、離婚時の財産分与などを取り決めておくものだ。米国の資産家の間ではわりと一般的になっている」

「へぇ、セレブにはそんな習慣があるんですね」

「俺たちのケースでいえば、資産の有無は関係ない。この結婚は取引だからな、契約書はあったほうがいいだろう」

「たしかに。あとで揉めないようルールを決めておくのはいいことですね」

自分たちの結婚は普通じゃない。それは十分に理解しているので、咲穂はあっさりとうなずく。

「理解ある新妻で助かるよ。口頭で伝えてあった内容を書面にしただけだが、一応説明しよう」

彼の涼やかな声は耳に心地よい。

「これから婚姻届を提出し、俺たちは正式な夫婦となる。互いの目的を達成するまでは、関係を継続しよう」

この部分はすでに何度か聞いている。咲穂は黙って、話の続きを待つ。

「けれど、家のなかでまで夫婦でいる必要はない。ふたりきりのときは、互いのプライバシーを尊重しよう。君の部屋を用意するし、家事もそれぞれで行うことを原則とする」

ようするに外では夫婦でも、実態はただの同居人ということだろう。

「承知しました」

「妻として、夫としての役割は求めないこと。この役割には、身体の関係なんかも含むつもりだが……」

そこで彼は話を止め、少し考える様子を見せる。

「とはいえ、外で遊ばれるのは困るな。もし君が望むなら、この部分は考え直してもいいが？」

からかっているのか、本気なのか、判断のつかない顔で彼はそんな提案をしてきた。

（か、考え直すってなにを？）

「け、け、結構です！　外で遊んだりなんてしませんし！」

咲穂が早口に言うと、彼はククッと小さく笑った。

「了解。外で遊ばない、この約束はもちろん俺も守る」

「……お願いします」

契約の要点をザッと話し終えた彼は、あらためて咲穂に向き直る。

「まぁ、こんなところだ。なにか質問は？」

「そうですね……離婚の時期は決めておかなくていいんですか？」

彼はやや迷うそぶりをしてから口を開く。

「現時点ではなんともいえないところだからな。我々のプロジェクトの成功、そして君の実家の商売が立ち直る。このふたつの達成が条件になる」

リベタスの発売は約三か月後、来年二月を予定している。初動だけでは成否の正確な判断はできないし、家業もすぐに上向くのは難しいだろう。となると……。

「半年から一年くらいは、夫婦でいる必要がありそうですね」

「あぁ。あまりにスピード離婚だと、それもイメージダウンに繋がるし。離婚については、またあらためて相談しよう」

「承知しました。それから、この最後の条項は……本気なんですか？」

思いきり眉根を寄せて咲穂が尋ねると、彼はにっこりと笑む。

「もちろん。この契約書でもっとも重要な項目といっても過言じゃない」

最後の条項にはこうあるのだ。

【出水咲穂は美津谷櫂の妻として、リベタスのプロモーションに全面的に協力すること】

協力の具体的な内容については、すでに櫂から説明を受けていた。

「広告クリエイターとしては、もちろん百パーセントで尽力します。でも、その……私がモデルというのは……」

モデル――顔もスタイルも十人並みの咲穂にとっては、口にするのもおこがましいワードだ。

課題になっていたリベタスのプレCMに起用するモデル。この件については先日、櫂が素晴らしい提案をしてくれた。

それは美津谷櫂、自らが務めるというもの。発案者は、今回の企画でもモデルのメイクを担当する予定になっているメイクアップアーティストの七森悠哉。彼は企画立ちあげ当初からずっと、櫂以上の適任者はいないと主張していたそうだ。

「私も美津谷CEOがモデルを……というのは大賛成です！　好感度も訴求力も抜群ですから」

肝心のビジュアルだって人気俳優にも劣らないどころか、はるか上をいっている。芸能プロダクションに払う莫大なギャラをほかの施策に回すことも可能になるし、よいこと尽くめの素晴らしいアイディアだ。

「ですが、共演する女性モデルはプロを起用したほうが……」

咲穂の訴えを、彼はすげなく却下する。

「ダメだ。さっきのテレビを観ていただろう？　世間は俺の〝結婚〟と〝相手の女性〟に興味があるんだ。それを最大限に利用しないでどうする？」

（たしかに話題にはなるだろうけど、それだけでいいわけじゃないよね）

咲穂の思考はちっともまとまらない。

「そう心配する必要はないよ。君の顔ははっきりと映さないよう調整する。必要なのは〝夫婦で共演〟という話題性だけだ」

（エキストラみたいなものってこと？　それならまぁ……いや、やっぱり無理が……）

「う～ん」とうなり続ける咲穂を、櫂はあの手この手で篭絡《ろうらく》してくる。

「そもそも、プレCMは発売前ひと月だけの限定プロモーションだ。メインCMには本職のタレントを起用するつもりだし」

結局、根負けしたのは咲穂のほう。

「はい、できました！」

婚前契約書と婚姻届。ふたつの書類へのサインを終えた咲穂は、ドッと脱力して背もたれに身体を預けた。

（うぅ、やけに疲れたわ）

「実務はこれでおしまいですか？」

自分とは違い、余裕たっぷりの彼に尋ねる。

「あぁ、最後にひとつだけ。契約書には書いていないが、あらためて約束しておこう」

「なんでしょうか？」

彼が深刻そうな顔をするので、咲穂も姿勢を正して耳を傾ける。

「先日も言ったが、俺には惚れるな。……互いに恋愛感情は抱かないこと」

静かな部屋に冷たく響く声で、彼は言った。

咲穂はパチパチと目を瞬いてから、ふっと小さく噴き出す。

「念押しされなくても、ちゃんとわかっています」

そこまで、身の程知らずではないつもりだ。

（私は彼のシンデレラじゃない）

十二時の鐘が鳴った時点できちんと終わらせる。自分と彼の物語が続くことはありえない。

「私は花嫁になりたいわけじゃありません、仕事がしたいんです！」

きっぱりと宣言し、強気な瞳で彼を見返す。

「あなたを好きになったりはしないので、安心してください」

「期待どおりの返事だけど……」

そこで言葉を止め、彼はクスリと苦笑する。

「こうも爽やかに断言されると、ちょっと癪《しゃく》だな。女性にはわりとモテるほうだと自負していたんだが」

もしかして、プライドが傷ついたと言いたいのだろうか。

「たった今、惚れられると困ると言ったのは、CEOご自身じゃないですか」

呆れ顔で咲穂は返す。

「それはそうだ。ビジネス婚に恋愛感情は邪魔なだけだからな」

そう言いながらも、彼は納得いかないような顔をしている。

「……美津谷CEOって意外と面倒くさい人ですよね」

冗談めかした憎まれ口を叩いて、咲穂は立ちあがる。飲み終えたティーカップを片づけるためだ。ところが、櫂の横を通りすぎるときにふいに腕をつかまれた。

ゆっくりと、彼も立ちあがる。咲穂より二十センチも背が高いので、自然と見あげる形になった。

「なんでしょう？」

「呼び名。変えてくれないか？　家でまでＣＥＯと呼ばれると、くつろげない」

「え？　でも、ほかになんて？」

にっこりと笑って、彼は言う。

「俺たちは夫婦なんだから『耀』でいい」

大きな手が咲穂の横髪を払って、耳に触れる。そこに顔を近づけて耀はささやく。

「ほら、呼んでみてよ。――咲穂」

自分を呼ぶ彼の声はやけに艶めいて響いた。身体中の熱がぶわりと巡って、頬がカッと熱くなる。

「か、い……さん」

動揺を悟られたくないから、自然に名前を呼ぶつもりだったのに……咲穂の声はかすれて、たどたどしい。心臓がバクバクとうるさく鳴っている。

（あぁ、もう！）

なんの自慢にもならないけれど、咲穂はまったく恋愛経験がない。女らしさに欠けるせいか、異性ともすぐに友達という雰囲気になってしまい、それ以上には発展しないのだ。だから、この距離感もスキンシップも困惑するばかりだ。

櫂がその美しい顔を傾けて、咲穂の表情をうかがう。ものすごく満足そうに、ほほ笑まれてしまった。

「——っ。あ、あのですね！　私は男性に免疫がないだけで、これは別にあなたを好きとかそういう反応では——」

「……なにも言ってないけど？」

彼は意地悪に瞳を細める。

（わざとだ。絶対にわざと！）

嫌な気分のまま終わりたくないから、反撃を仕掛けてきたのだろう。彼の負けず嫌いぶりと大人げなさを確信して、咲穂は憤る。

（この人を好きになることなんて、絶対、百パーセントありえない！）

「かわいいな、俺の奥さんは」

「まだ奥さんじゃありません！」

「なら、今すぐ役所に行こうか。そうすれば咲穂は〝俺の奥さん〟だ」

十一月も中旬となり、街はだんだんとクリスマスカラーに染まり出す。ビジネス夫婦生活が幕を開け、早くも十日が過ぎていた。

朝、キッチンでコーヒーを入れている咲穂のもとに身支度を終えた耀がやってくる。

「おはよう」

「おはようございます。CEO……じゃなくて耀さんも、コーヒー飲みますか?」

気を抜いているとまだ、CEOと呼んでしまいそうになる。

「ありがとう、頼むよ」

咲穂は食器棚に手を伸ばし、彼の愛用するカップを取った。

ふたりで暮らすこの高級マンションはとても広く、リビングダイニングを除いても個室が四つもある。約束どおり咲穂にも自分の部屋が用意されているので、同居といってもあまりストレスはない。

(慣れてしまえば、快適そのものかも)

耀は多忙なので、まったく顔を見ない日も多い。けれど、家ではひと言も話さないようなドライな関係ではなく、会えば他愛ない雑談もするし、タイミングが合えば一緒に食卓を囲むこともあった。

「はい、どうぞ」

咲穂がコーヒーカップを手渡すと、彼は礼を言ってそれを受け取る。

「あれ、新しい豆にした?」

「近所に素敵なコーヒーショップを見つけて、そこでオススメされたんです」

「へぇ。うん、うまい」

ちょうどよい距離感、同居人としていい関係を築けているように思う。

（まぁ、とても夫婦とは呼べないけどさ）

「いよいよだな。肌のコンディションは大丈夫か？」

楽しげに、燿が咲穂を見つめる。咲穂は自身の頬に手を当てて触り心地を確かめた。

「たっぷり睡眠をとったので、肌荒れはしてません！」

「ははっ」と白い歯を見せて彼は笑う。

「咲穂の変身、楽しみにしてるよ」

そう、今日はついにリベタスのプレCM撮影日。

誰かがストップをかけてくれるのを、咲穂は心のどこかで期待していたが……すべてが順調すぎるスピードで進み、とうとうこの日を迎えてしまった。

絵コンテを見るかぎり、咲穂はエキストラに毛が生えた程度の出番しかないけれど……それでもやはり緊張はする。

「もう先に謝っておきますね。急遽《きゅうきょ》、プロのモデルさんを用意する事態になったりしたら……本当に申し訳ありません」

不安が顔にも声にも表れている咲穂とは対照的に、彼は自信たっぷりにほほ笑んだ。

「そんな事態にはならないから大丈夫だ。夫婦共演の話題性を狙ったのは事実だが、咲穂を抜擢した理由はそれだけじゃない」

くしゃりと、櫂は咲穂の頭を撫でた。

「自由に、自分らしく。君はリベタスのイメージにぴったりだから。きっと最高のミューズになれる」

「……ありがとうございます」

ここまできて咲穂に怖気づかれては困る。そう考えての激励だろう。お世辞半分とわかってはいるけれど、それでも彼の言葉は魔法のように咲穂に自信を与えてくれた。

午後一時、品川《しながわ》にある撮影スタジオ。その廊下の片隅で咲穂は自分に言い聞かせていた。

「櫂さん。ＣＥＯじゃなくて櫂さんだからね！」

今日は夫婦共演をより強くアピールするため、撮影中も「櫂さん」と呼ぶように彼から指令を受けていた。自分たちの結婚がただのビジネス婚であることは、誰にも内緒の極秘事項。うっかりボロを出さないよう、注意しなければ。

「燿さん、燿さん。よし、ばっちり！」

練習を終えた咲穂はメイクルームに向かった。

「七森さん。今日はよろしくお願いします」

「こちらこそ。どうぞ、座って」

彼に促されて、大きな鏡の前の椅子に腰かける。プロにメイクをしてもらうなんて、成人式以来なので緊張してしまう。

化粧水で咲穂の肌を整えながら、悠哉は苦笑交じりに言った。

「それにしても、あの燿が既婚者だなんて……いまだに信じられないな」

世間に結婚を発表したすぐあと、悠哉とは打ち合わせで顔を合わせる機会があった。そこで燿と一緒に、『結婚することになった』と伝えたのだ。

(七森さん、すっごく驚いていたもんね)

相手がどうこうではなく、燿と〝結婚〟が悠哉のなかで結びつかなかったようだ。

「夫としての燿はどう？」

「頼りになる旦那さまですよ。ちょっと……口うるさいけど」

これは偽りのない本音。

「へぇ、そうなんだ」

悠哉の笑顔は今日も麗《うるわ》しく……隙がない。

『あいつの社交性はオンタイム限定。本当はすごく慎重な性格で、簡単には人に心を開かない。知人はいっぱいいても、友人は厳選する。そんな人間だ』

長い付き合いのある櫂は悠哉をそんなふうに分析していた。おそらく当たっているだろう。

（今の七森さんは、きっとオンモードなのね）

「プロのお化粧って、こんなにも緻密《ちみつ》で繊細なんですね」

メイクアップアーティスト、七森悠哉の職人技を目の当たりにして咲穂は感嘆のため息を漏らす。

「そうだね。同じアイテムでも、塗り方ひとつで仕上がりが変わるんだ」

リキッドファンデーション、おしろい、ハイライトにアイクリーム。薄衣を重ねるたびに、咲穂の肌はどんどん美しく仕上がっていく。

「はい、完成」

「わぁ！」

フェイスブラシを置いた悠哉が、鏡のなかの咲穂にほほ笑みかける。

「うん、我ながら天才。すごく綺麗になった」

今日のメイクテーマは〝強さと美しさ〟だ。ナチュラルでヌーディー、なのに印象的。その難しいオーダーに悠哉は完璧に応えてくれた。

「もしかして……私って美人だったんでしょうか？」

思わずそんな自惚れ発言をこぼすと、悠哉がぷっと噴き出した。咲穂は彼に称賛の眼差しを注ぎつつ、続ける。

「本気でそう思っちゃうくらい、七森さんのメイクは素晴らしいです！」

「あはは。いいキャラしてるなぁ、咲穂ちゃん」

（あ、この顔はビジネススマイルじゃないかも）

櫂の前限定だった素のままの悠哉。その片鱗《へんりん》が少し見えた気がした。彼の瞳が優しい弧を描く。

「知らなかったの？　君はすごく……綺麗だと思うよ」

悠哉はこのあと櫂のメイクに入るので、咲穂は先に撮影スタジオに向かう。

どう動けばいいのか、素人なりにあれこれ考えていたところで「美津谷ＣＥＯ、準備ＯＫです！」の声が聞こえた。

振り返ると、ちょうど櫂がこちらに向かって歩いてくるところ。

白い衣装に黒髪と黒い瞳がとても映える。シャツを腕まくりする仕草も、すでに撮影が始まっているのかと思うほど決まっている。

（うわぁ、かっこいい～！）

呼吸すら忘れて見入ってしまった。彼が咲穂の前で足を止める。

「お、おつかれさまです。さすが、ものすごく素敵ですね」

見惚れていたことをごまかそうと、咲穂は早口で話しかけた。けれど、櫂はじっとこちらを見つめたまま微動だにしない。

「あ、あの？」

それから咲穂はあることに思い至り、ハッとなる。

「やっぱり私、微妙でしょうか？」

悠哉は最高の仕事をしてくれたけれど、それでも化粧品ブランドのモデルは無理があったかもしれない。

「えっと、今からでも少し絵コンテを見直します？　私はもっと小さく映るように……」

スタッフのもとに向かおうとした咲穂の手首を、櫂がつかむ。

「違う、そうじゃない」

「え？」

「想像以上によくて、言葉が見つからなかった」

照れたように顔を背けた、彼の耳の辺りがほんのり赤く染まっている。

(……どうしよう、嬉しいかも)

「こういうのを〝馬子にも衣装〟っていうんだろうな」

にやけていた咲穂の頬が、彼の余計なひと言でピクリと引きつる。

「そりゃたしかに、衣装と七森さんのメイクのおかげではありますけど！　でも、たまには素直に褒めてくれたっていいじゃないですか」

「素直に褒めたつもりだが？」

くだらない言い合いをするふたりのもとに、「撮影、始めまーす」の声が届く。

カメラの前に立ったところで、悠哉がメイクの最終チェックを行う。

「櫂はＯＫ。咲穂ちゃんのリップは、もう少し艶を足したいな」

「はい、お願いします」

ズイッと、悠哉の美しい顔面が近づく。リップブラシを使い、彼は丁寧にグロスをのせてくれた。

「いいね。すごくかわいい。それと、前髪が目元を隠さないように気をつけてもらって……」

悠哉に前髪を直してもらいながらも、咲穂は隣からの強い視線を感じていた。

「どこか気になるところがありますか？」

燿は美意識が高いから、ヘアメイクになにか気になった点があるのかもしれない。

そう思って尋ねたけれど、彼は「いや、なにも……問題はない」と視線をそらす。彼らしくもなく、歯切れが悪い気がする。

（やっぱり、私がモデルじゃ不安なのかな？　でも今さら怖気づいてもどうにもならないし、認めてもらえるようがんばろう！）

咲穂はそんな決意とともに、カメラに向き直った。

「おつかれさまでした！」

撮影そのものは、あっという間に終わりを迎えた。カメラ慣れしていて、プロのモデルと遜色ない仕事ぶりだった燿とは比較にもならないが、咲穂なりに精いっぱいがんばったつもりだ。

「車を回してくるから、待ってろ」

「ありがとうございます」

咲穂も燿も、さすがにこのあとは仕事を入れていないので一緒に帰宅することになっている。耀を待つ間、咲穂はあらためて悠哉に礼を言った。

「今日は素敵にメイクしてくださって、ありがとうございました」

「どういたしまして。ふたりともすごくよかった。このまま、メインＣＭもふたりが出演すればいいのに」

お世辞ではなく、彼は本気でそう思ってくれているのだろう。先ほど耀にも同じ話をして……すげなく却下されていた。

「七森さんと耀さんって、本当に仲がいいんですね」

「え、そう見えた？」

「はい。七森さん、耀さんの前だとすごく自然体だから。ほかの人といるときとは、表情が違います」

彼は少し驚いたように目を丸くする。

「……メイク担当なんて現場では脇役なのに、よく見てるんだね」

「私、ここに出向してくる前は広告代理店でプランナー職をしていたんです」

プランナーは企画全体の舵取り役。なんて言うとかっこよく聞こえるけれど、実際は板挟みになってばかりのつらいポジションだ。

（でも、大変だからこそ学べたことがたくさんある）

「プロジェクトに関わる全員が気持ちよくお仕事できること。どの現場でも、私はそれを大切にしたいんです」

関わるみんながどんな気持ちで臨んでいるか、無理をしている人はいないか、できるかぎり目を配りたいと思っている。

（七森さんは、きっと周囲にすごく気を使う人だ）

「もしかして……僕の愛想笑い、見抜かれてた？」

オブラートに包んだつもりだったのに直球で返されてしまった。

「まぁ、そんな意味もあったり、なかったり……。ただ、あまり無理しすぎないでほしいなと思いまして」

「ははっ、ありがとう。やっぱりおもしろい子だよね、君は」

悠哉は含みのある瞳で、咲穂を見つめた。

三章　好きにならないと誓えますか？

撮影から数日後、ＭＴＹジャパンコスメティック事業部広報チーム。

「出水さん！　映像素材あがってきたよ」

タブレットを片手に理沙子が咲穂のもとにやってくる。

「ほら、見て」

画面を咲穂のほうに向けて、彼女は動画を再生した。

「はぁ～、生で見ても映像で見ても、うちのＣＥＯは極上にいい男ね！」

（……うん、たしかに）

タブレットの小さな画面のなかで動く櫂の姿に、咲穂の目も釘づけになる。ささいな仕草も気品に満ちていて、圧倒的なオーラを放っている。もし芸能の道に進んでいたとしても、彼はきっと一流になったことだろう。

「あ、出水さんも映ったよ。すっごく綺麗だから、もっとアップでバーンと撮ってもらえばよかったのに」

「いやいや。世間のみなさまが見たいのは、美津谷ＣＥＯだけですから」

「え〜、そんなことないわよ。公開されたら、きっと出水さんも話題になるわ！　そう考えると、あまり顔を出さないというCEOの戦略は大正解かもね」

『妻の顔は映しすぎないようにしてくれ。チラッと映るくらいのほうが……何度も確認したくなって、広告効果があがるからな』

彼はそんなもっともらしい理由をつけて、咲穂の露出を極力抑えるよう調整してくれた。

「ふたりのメイクもいいわね。さっすが七森さん！」

（白をベースにしたこの映像に、リベタスのゴールドロゴがのる。うん、間違いなく素敵になりそう！）

咲穂は早くも完成CMを想像してニヤニヤしてしまう。これから、この素材をもとにしてTV用の十五秒と、WEB用のもう少し長いバージョンのCMを制作していく。併行して、発売後に流すことになるメインCMの企画も進めている。咲穂の仕事はここからが本番だ。

（ものすごく忙しくなるけど、楽しみだな！）

「ここまで素敵だと、いっそメインCMもふたりに任せればよかったと思っちゃうわね」

画面をうっとりと見つめながら、理沙子がつぶやく。

「撮影時に、七森さんも同じことをおっしゃっていたんですけど……美津谷CEOがそれはないと断言していましたよ」

櫂の台詞をそっくりそのまま、彼女に伝える。

『こういう冒険に踏みきったのは、あくまでもインパクトが重要な発売前プロモーションだからだ。発売後は、本職のタレントを使った王道のCMでいく』

咲穂も彼に賛成だ。ふたりの出演するプレCMはひと月だけの短期集中で流すもの。あっという間に終了するからこそ、変化球をおもしろがってもらえるのだ。

「う～ん、まぁそうね。蓮見《はすみ》リョウの人気は絶大だし、彼と長期契約を結べるのはうちにとってても魅力的な話よね」

「そうですよ！　企画案も素晴らしいし、私も今から楽しみです」

メインCMに起用するのは、人気・実力ともにナンバーワンの俳優、蓮見リョウに決まった。共演者はまだ検討中だけれど、とてもいい企画に仕上がっている。

「そうね、絶対にリベタスを成功させましょう」

「はい！」

そこで、理沙子はふふっと頬を緩めた。

「そうそう。会議中とかはダメだけど……こういう雑談の場では遠慮せずに『燿さん』って呼んでいいからね」

語尾にハートマークがつきそうな口調で、彼女は咲穂にウインクを送ってよこす。

「や、えっと……大丈夫です。仕事とプライベートは別ですから……」

オタオタする咲穂を見て、彼女はにんまりと笑う。

「いいわね〜、新婚さん！　私もたまには夫をデートに誘ってみようかしら？」

「あはは」

咲穂の笑い声は乾いている。

感情がすぐ顔に出てしまう自分は、燿の言うとおり演技下手。ビジネス婚がバレやしないかと、ヒヤヒヤしながら会社生活を送っているのが現状だった。

そのうえ、咲穂を悩ませる〝妻のお仕事〟は次から次へとやってくる。

『業務時間が終わったら、地下の駐車場で待ち合わせしよう』

朝の燿の台詞を思い出して、小さくため息をついた。

今夜は燿の家族との食事会、初めての顔合わせなのだ。きちんと妻らしく振る舞えるのか、咲穂の胸はプレッシャーに押しつぶされそうになっている。

無情にも時は過ぎていき、午後六時の終業ベルが鳴る。咲穂は重い腰をあげて、燿の待つ駐車場に向かった。

「おつかれ」

「おつかれさまです」

「今日は俺の車で行くから。こっち」

言いながら、彼は当然のように咲穂の肩に腕を回す。彼の言う『手は出さない』はキスやそれ以上のことを指しているようで、こういうスキンシップは気にも留めていない様子だ。米国暮らしの長かった彼には、なんでもないことなのだろう。

だけど……咲穂にとって、異性とのこの距離はやはり〝特別〟だ。毎度、意味もなくドキドキしてしまって心臓が疲れる。

(慣れない。ちっとも慣れる気がしない！)

「燿さんが自分で運転することもあるんですね」

助手席に座った咲穂は、ハンドルを握る彼にそう尋ねる。燿には専属の運転手がいて、普段はその彼が運転する黒い車に乗っている。

今日の車はダークグレーのボディカラーで、デザインもスポーティーな印象だ。

「あぁ、これは俺のプライベート用の車」

「そうなんですね」

「運転を言い訳に酒を断れるからな。君には申し訳ないが……今夜はきっと不愉快な思いをさせることになると思う」

表情を曇らせ、沈んだ声で彼は言う。

「いえ、私のことはお気になさらないでください」

櫂と家族――というより継母である美津谷塔子《とうこ》との溝はかなり深いようだ。櫂本人も言っていたし、表立っては誰も口にしないが社内でも有名な話のようだった。

（義理とはいえ母親が一番の敵だなんて……）

櫂は本当に仕事熱心で、誰よりも会社に献身している。知り合ってまだ日が浅い咲穂にも、それはわかる。だからこそ歯がゆい気持ちになった。

「そういえば、ゆうべ実家から電話があったんですけど」

少しでも明るい空気にしようと、咲穂は話題を変える。

「櫂さんの支援のおかげで、家業もいい方向に向かいはじめているみたいです。兄が新しい商品の開発なども検討しているようで」

「それはよかった」

櫂が柔らかな笑みを取り戻してくれたことが嬉しくて、咲穂は張りきってお喋《しゃべ》りを続ける。

「あの頑固な父が『美津谷さんには感謝してもしきれない』と珍しく素直でした。母も『次は日帰りじゃなくて、ゆっくり泊まりにおいで』なんて……」

そこまで話して、咲穂ははたと我に返った。

(いやいや、櫂さんが私の実家に泊まるわけないし)

自分の発言のおかしさに気がつき、苦笑する。

「えっと。多忙な櫂さんには難しいと、母に伝えておきますね」

先日の結婚あいさつだって、隙間のないスケジュールに強引にねじ込んだのだ。これ以上、咲穂の実家に気を使う義理など彼にはない。

ところが、櫂は嬉しそうに目を細めた。

「リベタスが無事に発売を迎えたら、必ず休みを取るよ。そこで行こう。君の実家の辺りは有名な温泉がいくつもあるし、楽しみだ」

リップサービスだとわかっている。わかっているのに……やけに心が浮き立つ。

「世間には知られていない、穴場もたくさんあるんですよ」

「へぇ、いいな」

信号で車を停めた彼がふっと頬を緩めて、咲穂を見る。

「一緒に風呂に入るのも……〝手を出す〟に該当するか?」

咲穂の顔がボンッと火を噴いたように赤くなる。

「す、するに決まっているじゃないですか」

「それは残念だ」

「というか、発言自体がセクハラですからね」

眉をひそめる咲穂に彼はクスクスと笑う。

「夫婦なのに?」

「夫婦でも、です!」

耀は咲穂をからかって楽しむことを覚えたようで、気がつけばいつもこんな調子。彼といると咲穂は赤くなったり、プリプリと怒ったり、感情がすごく忙しい。だけどいつの間にか、これが日常になりつつあった。

(慣れって恐ろしいな。あの美津谷耀の隣にいることが自然に思えるなんて)


食事会の場所は、皇居近くの老舗ホテルに入っている高級中華料理店。案内された個室は朱色を基調にしたオリエンタルな内装で、中央に長方形の卓が置かれている。

フカヒレの姿煮、ごろんと大きな北京《ペキン》ダック、提供される王道の中華料理はどれもこれもおいしそうだが……食事と会話を楽しめるような雰囲気はみじんもない。

(これはちょっと、想像以上だったかも)

咲穂は瞳だけを動かして、正面に座る美津谷家の面々をうかがい見る。

真ん中にいるのが櫂の継母である塔子。華やかなツイードのセットアップスーツをビシッと着こなしていて、上流階級の人間らしい貫禄を備えている。切れ長の目元と厚めの唇が色っぽく、五十二歳という実年齢よりも若く見えた。

ちなみに塔子の夫、つまり櫂の父親は今日は不在だ。MTYニューヨークの代表である彼は世界中を飛び回っているので、日本に滞在できるのは年に数日ほどらしい。

塔子の右隣にいるのが、櫂の弟である潤。兄より五つ年下の二十六歳で、MTYジャパンの営業部に所属している。彼も初めは海外で経験を積み、櫂より一年早く日本にやってきていたそうだ。

(櫂さんとはあまり似ていないな)

整ってはいるが、線が細くてあまり印象に残らないタイプの顔立ちだった。母と兄がゴージャスなので、相対的にそう見えてしまうだけかもしれないが……。性格もおとなしそうで、今も所在なさげにぼんやりとしている。

左隣は、その潤の妻である梨花《りんか》。MTYジャパンの秘書課で働いている彼女は、潤より三つ年上の二十九歳。彼女の顔は咲穂も知っていた。秘書課にすごい美女がいる、その噂は出向してきたばかりの咲穂の耳にもすぐに届いたほどだったから。

華のある顔立ちに、メリハリボディ。グラマラスとは彼女のためにある言葉かもしれない。綺麗に巻かれたロングヘアも、鮮やかなブルーのワンピースもよく似合っている。

（噂どおりに綺麗な人……でも……）

梨花は塔子にべったりで、少しおおげさなほどにニコニコしている。その一方で、咲穂には露骨にツンとした態度だ。

ボスである塔子も、当然のように咲穂が気に食わないようで、形だけのあいさつを交わしたあとはろくに会話をしていない。

（櫂さんが大事だから私じゃ納得できない！というのなら、まだいいんだけど）

残念ながら、そうではない。塔子と櫂の間に流れる空気は親子ではなく、完全に敵同士のそれだった。

（一触即発って、こういう場面を指すのね）

塔子はずっと、射るような目で櫂をにらんでいる。

ピリピリしたムードのなか、咲穂は間違いなくおいしいはずなのに味のしない料理を黙々と喉に流し込んだ。

(今日は、なんのために集まったんだろう?)

咲穂の疑問に答えるように、櫂が重い口を開く。ちょうど、みんなが最後のひと皿を食べ終えたところだった。

「もう十分ですね。父には、しっかりと懇親の場を設けたと説明しておきます」

「えぇ、そうね。二度目はなくて結構だわ」

ふたりの表情は、どちらも凍りつくように冷たい。聞こえてくる情報から、今日のこの場は櫂の父親の指示なのだということが理解できた。

(なるほど。お義母さまも櫂さんも望んでいなかったわけね)

だから、こんな空気になってしまったのだろう。

櫂は完璧な作法でナプキンを置くと、スッと立ちあがる。

「では、俺たちはこれで。行こう、咲穂」

「は、はい」

こんな別れ方でいいのかな? そうは思うものの、咲穂が口出しできるような場面ではない。

彼に促されて、咲穂も席を立った。そのとき、塔子が初めて咲穂の顔を正面から見て、クスリと皮肉めいた笑みを浮かべた。

「本当に素敵な奥さまだわ。櫂さんには、やっぱり〝庶民の血〟が流れているのねぇ。素朴な彼女と、とってもお似合いよ」

一瞬、なにを言われたのかわからず咲穂はキョトンとしてしまった。

「まぁ、お義母さまったら褒め上手で」

塔子に追従するように、梨花がすぐさまクスクスと笑い出す。見事な腰巾着ぶりだ。

強烈な嫌みを放たれたのだと理解した咲穂は、カッと顔を熱くする。

（私が庶民的なのは事実だから構わないけど、どうして櫂さんにそこまで！）

血縁がないというだけで、こんなにも非情になれるものだろうか。

「あ、あの！」

頭に血がのぼって、思わず声をあげる。

「咲穂、いいから」

そんな咲穂をかばうようにして櫂が前に出る。

彼の冷ややかな眼差しに、梨花はちょっとひるんだ様子だ。塔子のほうは一歩も引かず、クッとかすかに顎をあげた。意地でも櫂には頭をさげたくないのだろう。

そんなふたりに櫂はにっこりとほほ笑む。

「次回が開催されないのは、こちらとしてもありがたい」

櫂は咲穂の肩を優しく抱き寄せて続ける。

「愛する妻の美しい瞳に、こうも醜いものは二度と映したくありませんから」

ピキッとこめかみに青筋を立てた塔子を無視して、櫂は速やかに踵《きびす》を返す。

咲穂の視界の端っこで、潤が退屈した子どもみたいに「ふあ～」と大きなあくびをしていた。


表参道のマンションに戻ってくるなり、ふたりは揃って「はぁ」とソファに座り込んだ。しばらく動けそうにない。徹夜で仕事、そのくらいの疲労を感じていた。

数分の沈黙のあとで、櫂がようやく声を出した。

「悪かった。継母と義妹に代わって、無礼な発言を謝るよ」

「あ、いえ。強烈ではありましたが、もともと歓迎されるとも思っていませんでしたし」

この結婚を櫂が強引に押しきったのは感じ取っていた。その時点で彼の親族と良好な関係を築くのは難しいだろうと察していた。

（そもそも、築く必要もないわけだし……ね）

自分たちはビジネス婚。目的を果たしたらお別れするのだから、親族との付き合いは浅いほうがかえって都合がいい。咲穂にとって、塔子も梨花も一生の付き合いになる人間ではない。どれだけ嫌われようとも、別に困ることもないし傷つきもしない。

（私はいいの。でも櫂さんは……？）

咲穂と違って、彼にとっては家族なのだ。咲穂も家族、とくに父との関係は……良好とは言いがたい。だから、櫂の苦悩が他人事《ひとごと》とは思えなかった。

「さっき、俺の代わりに怒ろうとしてくれただろう？　ありがとう」

彼は穏やかな笑みでそう言った。咲穂の胸にやるせなさが込みあげる。

「もっと、ガツンと怒鳴ってやればよかったです。私……なんの力にもなれなくて」

「そんなことない。すごく、嬉しかったよ」

それから、彼は自分の生い立ちについて話してくれた。

「俺の実母は普通の、一般家庭の出身でね。父とは恋愛結婚だった」

けれど、美津谷の嫁の重圧は相当なものだったようで……もともと身体が強くはなかった彼女は体調を崩しがちになり、櫂が二歳の頃に亡くなってしまったそう。

「父の再婚相手は美津谷の女主人にふさわしい人物という点を最優先に……名家の出である継母が選ばれた」

恋愛結婚だった櫂の実母とは違い、政略的な縁組みだったようだ。

「継母は自分の出自に強いプライドを持っていてね」

『庶民の血』

そうやって櫂の実母を貶めることで、塔子は自分の優位を確かめたいのだろう。現在の妻として、前妻には負けたくない。もしかしたら、そんな心理もあるのかもしれない。

「庶民の血筋である俺が美津谷を継ぐ、それが彼女には我慢ならないようだ」

なんでもないような顔をして櫂は話すけど、そんな態度をとられて傷つかないはずがない。

ものすごく沈んだ顔をしてしまった咲穂を見て、彼はふっとほほ笑む。

「君がそんな顔をする必要はない。あの人との関係性については……自分のなかでとっくに折り合いをつけているから」

彼は大人だから、その言葉も真実ではあるのだろう。

(でも、櫂さんのこんな悲しそうな目……初めて見る)

言葉をかけたいけれど、彼の内面に踏み込む権利が自分にあるのだろうか。

そんな葛藤をすべて受け止めてしまうみたいに、彼の大きな手が咲穂の頭を撫でる。

「それに、最近は君がいるから。賑《にぎ》やかで……孤独を感じる暇もないし」

「それはうるさいと言いたいのでしょうか？」

「いや、楽しいという意味だ」

美しい瞳が柔らかに細められる。

（な、なんでドキッとするのよ）

これまでに感じたことのない胸のざわめきに咲穂は戸惑う。トクン、トクンと鼓動がやけに甘く響いた。

「明日はなにか予定があるか？」

燿のその声もいつもより優しく聞こえる。

「えっと。土曜日ですし、とくになにも」

「じゃあデートをしよう。今日のおわびに、うまいものでもごちそうさせてほしい」

（デート……）

抑えようとすればするほど、鼓動はますますそのスピードを増していく。

翌日の昼過ぎ。咲穂はドレッサーの鏡に映る自分の姿に目を丸くする。

「わぁ。私の髪じゃないみたい！」

ヘアアイロンで綺麗な内巻きにカールされた髪は、咲穂をいつもよりぐんと女性らしく見せていた。

「直毛すぎるから、アレンジは難しいと思っていたのに……」

片手にヘアアイロンを持ち、咲穂の真後ろに立った櫂が呆れた声で突っ込む。

「髪質ではなく、君の腕の問題だろうな。ここまで不器用な人間にはお目にかかったことがないぞ」

久しぶりに彼の毒舌が炸裂している。

「櫂さんはどうしてこんなに上手なんですか？　七森さんに習ったとか？」

悠哉はメイクアップが専門だが、ときにはヘアアレンジも手掛けることがあると言っていた。

「いや。俺も初めて触ったが、原理は至ってシンプルだし。もともと手先は器用だしな」

ヘアアイロンに視線を向けつつ、彼は言った。続いて、美容師並みの腕前で前髪もくるんとかわいくしてくれる。

『それなりの店に行くから、多少はドレスアップしてくれよ』

朝、櫂からそう忠告されたので、購入後に一度使ったきりで挫折したヘアアイロンを引っ張り出してきた。

けれど、やっぱり咲穂には難しくて、危うく頬をやけどしそうになった。通りかかった櫂が見かねて、手を貸してくれたのだ。

（プレゼンのときも思ったけど、櫂さんって意外と面倒見がいいのよね）

冷徹そうに見えるけれど、実は困っている人間を放っておけない人だということに咲穂はもう気づいていた。

「う〜ん。アクセサリーはどれがいいかな？」

ドレッシーな格好などめったにしないので、小物合わせにも悩んでしまう。

「このドレスなら、ピアスはそっちのパールが似合うと思うぞ」

「なるほど。じゃあバッグはこれでどうでしょうか？」

「うん、合ってるよ」

モダンな印象のブラックドレスにジュエリーはパール。差し色はショルダーバッグのビビットなピンク色。彼の的確なアドバイスのおかげで、我ながらオシャレに決まった。

（櫂さんは魔法使いみたいだな）

最後の仕上げは口紅。

「やっぱり、これかな！」

櫂が見立てて、プレゼントしてくれたシアーレッドのリップ。後ろから近づいてきた彼が、咲穂の手のなかのそれをそっと奪う。

「塗ってやるよ」

「お、お願いします」

今日もまた……〝キスする距離〟に彼の顔が近づく。

「うん。我ながら完璧なセレクトだったな。この色が一番、咲穂を輝かせる」

咲穂の薄い唇が、ふっくらと華やかに仕上がった。

「ありがとうございました」

無邪気に笑いかける咲穂に、耀は少し得意げにうなずいてみせた。

「どういたしまして」

「私、メイクやファッションは苦手でずっと避けてきたんですけど……でも今日はすごく楽しかったので、もっと勉強してみようとやる気が湧きました」

素敵なドレスに身を包み、綺麗なメイクをほどこすと、それだけで自然と背筋が伸びる。とても気分がよかった。

（なにより、リベタスプロジェクトの一員になったんだから、メイクは苦手……とは言ってられないものね！）

「どうして苦手だったのか、聞いてもいいか？」

ややためらいがちに、耀が尋ねてきた。咲穂は苦笑いで答える。

「くだらない話なんですけど、うちの父……耀さんも会ったからわかると思うんですけど、とにかく古くさい人で！」

女なんだから淑《しと》やかに。男みたいな格好をするな。そんなことばかり言われてきた。

「私はこんな性格だから、つい反抗心で……女性らしいものを避けるようになっちゃったんですよね」

恋愛経験が皆無なのも、これが原因のひとつかもしれない。男性の前だと余計に〝女らしく〟見えないように振る舞ってしまうのだ。

（いい彼女、理想の奥さん。そんなふうに思われたら、あの街から出られない。夢から遠ざかってしまう。……そんな気がしてたのよね）

「なるほど。自分らしさを勝ち取るために、君はずっと闘い続けてきたのか」

「そんなかっこいいものじゃないです。今思えば、ただかたくなだっただけで……。小さい頃はかわいいもの、大好きだったんですよね。ギンガムチェックのお洋服、ベロアのリボン、母が授業参観のときだけにつけるダイヤの指輪も憧れでした」

耀の瞳が優しい弧を描く。

「ギンガムチェックにベロアのリボンか。覚えておくよ」

どういう意味なのかよくわからないけれど、その台詞は咲穂の胸をときめかせた。

街を歩いたり、カフェでお茶をしたり。ゆったりとした時間を過ごしたあと、耀がディナーにと連れてきてくれたのは、東京でもっとも高層の複合商業ビルだった。三十階と三十一階がレストランフロアになっていて、どの店舗も素晴らしい夜景を望めることがウリになっている。

「ここのレストラン、一度は訪れてみたいと思っていたんです。三十一階のフレンチは無理でも、三十階に入っている少しカジュアルなスペインバルなら私でも手が届くかなって」

といっても、そのスペインバルも二十代の咲穂にはかなり贅沢な店だ。フレンチレストランのほうはワンフロアにその一店舗しか入っていなくて、紹介がないと予約できないというハイクラスレストランだった。

エレベーターに乗ると、三十一階のボタンを押して耀は言う。

「バルのほうがよかったか？　フレンチを予約してしまったんだが……」

「え、紹介制なのに予約が取れたんですか？　すごい！」

そう言ってから、はたと気がつく。彼は美津谷燿なのだ。

（そうだよね、燿さんが予約できないわけないか。むしろ彼がダメなら、この国で行ける人なんていなくなっちゃう）

思っていた以上にフランクに接してくれるので、彼が世界的セレブだという事実を時々忘れてしまいそうになる。燿はクスリと楽しそうに笑った。

「その反応、フレンチが嫌ということではなさそうだな」

「もちろんです！　最初で最後の贅沢だと思って、心して味わわせていただきます」

ポーンという軽やかな音とともに、エレベーターの扉が開く。目の前も、左右も、百八十度ぐるりとガラス窓になっていて、きらめく夜景がまぶしいほどだった。

「うわぁ……」

咲穂はすっかり言葉を失い、宝石箱のなかのような輝きにしばし見惚れていた。

「そろそろ行こうか。夜景は店内でも楽しめるから」

今いる場所はレストランの入口へと向かう細い通路だ。この通路から眺める夜景だけでも、十分すぎる価値があった。

「は、はい。それにしても……すごく静かですね。土曜日なのに、ほかのお客さまはいらっしゃらないんでしょうか」

咲穂の問いかけに彼はなんでもないような顔で答える。

「貸しきりにしたから。今夜はこのフロアごと、俺たちのものだ」

「か、貸しきり……」

セレブのデートのあまりの豪華さに、目がくらむ。

もう二度と来ることはなさそうな高級レストラン。最初はマナーが気になってガチガチに緊張していたものの、櫂がさりげなくリードしてくれるので、オードブルを食べ終える頃にはリラックスして楽しめるようになっていた。

スープ、続いて魚をメインにしたポワソンとフルコースが進んでいく。

「お、おいしい～」

ふわっと柔らかい白身魚に濃厚なクリームソースがベストマッチ、ひと口食べただけで咲穂を幸せにしてくれる。

「この付け合わせも初めての食感です。なんていうお野菜なんだろう?」

モグモグしながら首をひねる咲穂に、櫂が答えをくれる。

「多分、アイスプラントかな」

なるほど～と感心したあとで、咲穂は急に不安になる。

（もしかして私……櫂さんに恥ずかしい思いをさせているかな？　『おいしい』って語彙力なさすぎだし、このアイスプラント？も初めて聞いたし）

ほかに客はいないけれど、給仕スタッフの目はある。櫂だって、釣り合いが取れていないことは初めから承知のうえだろうが……咲穂がここまでひどいとは思っていなかったかもしれない。

「どうした？」

「いいえ、なんでも」

咲穂は慌てて、ツンとすました表情をつくってみる。

「や、やっぱりお魚には白が合いますよね。こう、南仏の空気が鼻を抜けるといいますか……」

本当は白ワインの味の違いなんてさっぱりわからないのだけど、グルメ漫画で知った程度の知識を一生懸命それらしく喋ってみた。が、櫂に思いきり不審そうな顔をされてしまう。

「急に饒舌《じょうぜつ》になってどうした？　最近やっているドラマの登場人物のマネか？」

咲穂の情報源になったグルメ漫画、そういえば最近ドラマ化されて人気俳優が主役を演じていたのだった。

（うぅ、余計に恥をかく結果になった）

付け焼き刃はやはり通用しないようだ。

「……櫂さんもドラマとか見るんですね」

「原作の漫画、子どもの頃好きだったからな。別に俺だって、二十四時間ずっと株式チャートを眺めているわけじゃない」

（漫画好きだったんだ）

櫂の意外な一面を知るのは、なんだか特別で秘密めいた行為に思えた。彼は優しくほほ笑む。

「無理してグルメ通ぶる必要はないよ。ここのシェフは客の『おいしい』という言葉が一番嬉しいと言っていたし」

「そうなんですね。でも、櫂さんは……私と食事をするのが恥ずかしくないですか？」

こういうラグジュアリーな空間にふたりでいると、あらためて住む世界の違いを実感させられてしまう。

（これまでは、櫂さんがさりげなく私に合わせてくれていたんだろうな）

家にいるとき、咲穂が居心地の悪さをまったく感じないのは彼の気遣いのおかげなのだろう。

櫂はゆっくりと首を横に振った。

「そんな気持ちはまったくないから、君はそのままでいい」

少し寂しげに目を伏せて、彼は話を続ける。

「ずっと、俺にとってこういう店での食事は……気の抜けない、ジャッジされる場だったんだ」

「どういう意味ですか？」

咲穂が聞くと、彼は苦笑いで答えてくれる。

「俺には味方も多いが、敵はその倍以上いる。マナー、知識、教養、会話のうまさ。少しでも粗《あら》があれば、必要以上に貶められる」

セレブの世界は咲穂の想像など及ばないほどに厳しいのかもしれない。彼の完璧主義はそういう環境で生き抜くための術なのだろう。

「だから、食事は家でひとりが一番だと思っていた。でも……」

そこで彼はくしゃりと、少年のように無邪気な笑顔を見せた。

「今日の料理はとびきりうまいな。ただ『おいしい』とだけ言ってくれる相手との食事は、すごく心地よい時間なんだと知れたよ」

彼の表情はそれが本心であることを物語っていて、咲穂は嬉しくなった。胸がじんわりと温かくなって、無意識に頬が緩む。

(耀さんも、この時間を楽しいと思ってくれているんだ)

「そんなふうに言われたら、私、ますます語彙力をなくして『おいしい』を連発しちゃうと思いますけど」

「それでいいよ。実際、君と食べる料理はうまいんだから」

おおげさではなく、夢のように楽しい時間だった。


「会計を済ませるから、先に出ていて。夜景でも眺めながら待っていてくれ」

「わかりました」

咲穂は先に店を出て、ガラス張りの通路のところで彼を待つことにした。店内からも十分に夜景を楽しんだが、いくら見ても飽きることがないほどに美しい。

(この眺望をひとり占めなんて、本当に贅沢だな)

「お待たせ」

すぐに耀の声が聞こえて、咲穂は振り向く。

「え?」

思わず声が出た。彼がものすごく大きなバラの花束を抱えていたからだ。百本はあるだろうか。そして、深紅のバラは櫂にとてもよく似合っていて……咲穂の目を釘づけにする。

「君にプレゼントだ」

言って、彼は花束を咲穂に渡す。

「わ、私に⁉」

「……驚くところか？　この状況で、それ以外だったら逆におかしいだろう」

櫂はクスクスと愉快そうに笑った。

（でも、この花束……間違いなく、私より櫂さんのほうが似合っているし）

自分が奪うのは、なんだかバラに申し訳ないような気さえする。とはいえ、彼の好意をむげにはできないので礼を言って受け取った。

「ありがとうございます。すごく……綺麗」

「帰ったら、玄関にでも飾ろうか」

「はい！」

それから少しの間、ふたりは黙ったまま夜景を眺めていた。

言葉はなくても、彼も自分と同じようにこの時間を楽しんでいることが伝わってきて、心地のよい静寂だった。

めた。

低い声が自分の名を呼ぶ。耀はコホンと咳払《せきばら》いをしてから、真剣な顔で咲穂を見つめた。

（耀さん、緊張している？）

彼が自分を相手に緊張する理由などひとつもないのはわかっているが、そんなふうに感じられた。

「これを」

短く言って、耀は紺色の小箱を咲穂に差し出す。

「なんでしょうか？」

答える代わりに、彼は蓋を開けて中身を見せてくれた。小さな箱のなかで、信じられないほどに大きな……ダイヤモンドがきらめいている。

「――え？」

そこでようやく、この紺色の箱に刻まれているロゴが高級ジュエリーで有名なブランドのものであると思い至る。

「まさか……」

「婚約指輪だ。もらってくれるか？」

「咲穂」

耀はさらりと、とんでもないことを口にした。

「い、いやいや……この指輪って『ハレフ』のものですよね？」

「あぁ。ダイヤモンドなら、ここが一番上質だから。三カラット、大きすぎず小さすぎず、使いやすいサイズだと思う」

（どう考えても、大きすぎます！）

心のなかでは全力で突っ込んでいたけれど、予想もしていなかった状況にぽかんと口を開けるしかできない。

「手を出して」

やけに甘い声で言って、耀は咲穂の薬指に指輪を通した。

「うん、思ったとおりよく似合うよ」

ダイヤの輝きをより際立たせる、シンプルで洗練されたデザイン。自分の指先に、うっとりと見惚れてしまう。

（なんて素敵な指輪なんだろう）

キラキラしたものが大好きだった、少女の頃のときめきが蘇る。幼い咲穂が瞳を輝かせて、はしゃいでいる。

（あの頃の気持ち、まだ残っていたんだな）

耀と出会ってからというもの、自分には縁がないと思っていた感情を知る機会がとても増えた。くすぐったくて、ワクワクして、でも……少し不安な、そんな気持ち。

「気に入ってくれたようだな」

耀のその言葉で、咲穂はハッと我に返る。

「えっと、指輪は素敵ですが！　私がもらうわけにはいきません。そんな権利はないですし」

「権利はあるだろ。ビジネス婚なんて厄介事に付き合わせる謝礼代わりだ。そもそも君がもらってくれないと、この指輪は行き場をなくす」

たしかに、今さら返品するわけにも、ほかの誰かにプレゼントするわけにもいかないだろうが……。

「理由はどうあれ、俺たちは結婚したんだから。婚約指輪を贈るのはおかしなことではないだろう」

やや強引に、彼は話をまとめてしまった。

「では、ありがとうございます」

咲穂はそう答えたが、内心では預かっておくというつもりだった。

（お別れする日がきたら、ちゃんと返そう）

「あぁ」

　櫂がとても嬉しそうに笑う。胸がざわめいてしまい、その笑顔を直視できなくて、咲穂はまた窓の外に視線を向ける。

「夜景、すごく綺麗ですね」

「土曜日なのに仕事をしている人間がいかに多いか……の証明でもあるな」

　ロマンティックな空気をぶち壊すひと言を彼が吐く。

「そんな身も蓋《ふた》もない……幸せな家庭の明かりだってあるはずですよ」

　咲穂が口をとがらせると、彼は「ははっ」と笑い声をあげる。そんな櫂の笑顔を見つめて、咲穂はぽつりと尋ねた。

「バラの花束と指輪……いつの間に準備してくださったんですか？」

（今日のデートは昨日決まったことだけど、そこから思いついたわけじゃないよね？）

　花束はともかく、指輪は昨日の今日ではさすがに手配が間に合わないだろう。

「そうだな、結構前から。実はずっと、君をデートに誘う口実を探していたんだ」

「前から？」

　櫂は小さくうなずく。

「君の実家にあいさつに行ったとき、お義母さんと少し話す時間があったんだけど……子どもの頃、咲穂は両親のプロポーズの思い出を聞くのが好きだったんだって?」

「えっ、いつの間に母と話を⁉」

自分の知らないところで、そんな会話がなされていたとは……。でも、母の語った話はたしかに真実だ。

「母が特別な日だけにつけるダイヤの指輪、すごくキラキラしていて憧れだったんです。どこで買ったの?と聞いたら、お父さんからの贈りものだって教えてくれて」

「深紅のバラの花束と給料三か月ぶんのダイヤの指輪でプロポーズ、だったと聞いたよ」

咲穂はクスリとしてうなずく。

「いつも怒ってばかりの父がそんな王子さまみたいなことをしたなんて信じられなくて、すごく驚きました。でも、この話をするときの母は本当に幸せそうで……いつか私にもそういう日が来るのかなって想像したりして」

母とその会話をした当時を思い出して、咲穂は懐かしく目を細めた。

「そんな素敵な話を聞いたからには、実行しないわけにはいかないと思ってね」

クスクスと笑って櫂は言った。

（そうなんだ、私の憧れを叶えてくれようとして……）

どうしようもなく、胸がキュンと締めつけられた。櫂の瞳がどこか切なげに揺れる。

「君にとっての、本物の王子さまじゃなくて申し訳ないが」

咲穂はブンブンと首を横に振った。胸がいっぱいで、うまく言葉を紡げない。

「……ありがとうございます、嬉しいです」

この感動はもっと大きいはずなのに、そんな平凡な台詞しか出てこない自分がもどかしかった。

「それに、俺は年俸制だから給料三か月ぶん……ちゃんとあるかどうか不透明だしな」

彼はそんな冗談を言って咲穂を和ませる。

「櫂さんの三か月ぶんなら……お店ごと買い占められそうですね！」

咲穂も冗談を返したつもりだったが、櫂はシャープな顎のラインを指でなぞりつつ、真面目な顔で考え込んだ。

「ハレフを一店丸ごとか……どうかな」

「いや、普通は悩むレベルにもないですから！」

静かな空間にふたりの明るい笑い声が響く。

「そろそろ帰ろうか」

彼は当然のように咲穂の手を引く。この程度のスキンシップは櫂にとっては普通のことらしく、咲穂も慣れようと努力しているところではあるのだが……今夜はやけに彼の手が熱く感じた。

（あっ……）

櫂の指が咲穂の指の隙間をすべっていく。俗に言う、恋人繋ぎというやつだ。こんなふうに手を繋ぐのは初めてで、咲穂の心音はバクバクとうるさいくらいに高鳴った。

（き、きっと深い意味はないのよ）

自分にそう言い聞かせるけれど、足元がふわふわして全然冷静にはなれなかった。

最後まで夜景を楽しめるように、櫂はゆっくりと歩調を合わせてくれている。

「今日は楽しかった」

「──はい、私も」

うるさい心音に交じって、かすかな警鐘音が聞こえる。

『俺には惚れるな』

いつかの彼の言葉が耳に蘇る。このビジネス婚の大事なルール。

（百パーセントありえない。そうよね、咲穂）

自分に問いかけてみるけれど、即座にはうなずけない気がする。少し前まではたしかに持っていた、強い自信が揺らいでいた。

端整な横顔を盗み見れば、視線に気づいた彼と目が合う。

「ん？」

優しく瞳を細められただけで、胸がドキンと跳ねた。

（この男性《ひと》を好きにならないと、本当に誓える？）

四章　それは契約違反です⁉

朝。ドレッサーの前に座った咲穂は、伸びすぎてうっとうしい前髪をサイドに流してピンで留めた。

（そういえば美容院、三か月くらい行ってないかも。このところ仕事に追われてたし）

季節はもう十二月。師走の名のとおり、咲穂も目まぐるしい日々を送っていた。

燿と咲穂が出演したプレCMはすでに完成していて、年明けの放映開始を待つばかり。現在の咲穂は、その後に続くメインCMの準備で大忙しだ。

ヘルシーなベージュのチークを頬に丸くのせて、最後はリップメイク。一番のお気に入りのシアーレッドの口紅に手を伸ばしかけて、咲穂はピタッと手を止めた。

「今日はカーキ色のシャツだから、オレンジ系のリップが合うかな？」

誰も聞いていないのに言い訳がましいひとり言を口にする。ふわっとマットなオレンジ色を唇に引きながら、鏡に映る自分に言い聞かせる。

（ビジネスなんだから、契約事項は守らないとダメでしょう？　燿さんを好きになったりはしないこと！）

彼にプレゼントしてもらった赤いリップはしばらく封印しようと決めた。

（だって、塗るたびに櫂さんを思い出すんだもの）

こんなふうに意識している時点で、すでに契約違反なのでは？　頭に浮かんだそんな疑問を無理やり押しのけて、咲穂は立ちあがる。

「さぁ、今日も忙しくなるぞ〜」


午後三時。咲穂は四谷《よつや》の小さな撮影スタジオを訪ねた。

「咲穂ちゃん。わざわざ来てもらっちゃって、悪かったね」

スタジオの片隅で撮影した写真のチェックをしていた悠哉が、片手をあげて立ちあがる。

「いえいえ。多忙な七森さんに打ち合わせ時間を取ってもらうんですから、当然です」

七森悠哉はあちこちから引っ張りだこの、人気メイクアップアーティスト。今はこのスタジオで、自身初のメイクブック発売に向けての撮影を行っているところらしい。

「発売予定はいつ頃ですか？」

「来年の春だよ」

「楽しみにしてますね。私も購入して、もう少しメイクの腕をあげないと！」

「初心者にもわかりやすいメイク術、いっぱいのせるつもりだから期待してて」

そんな雑談を交わしながら、彼はスタジオ内にある控室に咲穂を案内してくれる。

今日はここで、リベタスのメインCMのメイクプランについて話をするのだ。

ペットボトルの緑茶と咲穂が持ってきた差し入れのクッキー。それらをおともに、早速本題に入る。

「えっと、モデルは蓮見リョウと……共演の女性は決まったんだっけ？」

「はい。冬那《ふゆな》さんに決定しました」

まだ二十二歳の若手ながら、子役出身の実力派俳優で、老若男女問わず高い人気がある。

「あぁ、いいね。僕も彼女は好きだな」

「知的で透明感があって、素敵ですよね」

咲穂も好きな俳優のひとりだった。彼女の出演作品は例外なく、おもしろいから。

「あの子、白目と黒目のコントラストがすごくはっきりしてるんだよね。あの瞳はブルー系のシャドウがすごく映えるから――」

悠哉のファンポイントは咲穂とはだいぶ異なっていて、さすがメイクアップアーティストという感じだった。冬那の話題だったはずが自然とメイクの話になったので、そのままメイクプランを相談する流れになった。

「蓮見リョウは憑依型の俳優で、どんなキャラクターも自分のものにできる人だから……このふたりなら先に冬那のイメージを固めたいな。リベタスチームとしては、今回どんなテイストでいきたいの？」

「まず、プレCMとはガラリと雰囲気を一新したいです。なので今回は躍動的で、カラフルな絵を撮りたいと思っていて……」

耀と咲穂が共演したCMは白一色の静かなものだったから、差別化したいのだ。

「あぁ、あのCMは想像以上に出来がよかったもんね。蓮見リョウも耀と比較されるのは嫌だろうな」

悠哉は苦笑して、咲穂の顔をのぞく。

「僕は正直、ふたりが続投するのがベストだと今でも思ってるんだけど……」

「耀さんはともかく、私はもう無理ですよ～」

咲穂は笑って流そうとしたが、悠哉の真剣な瞳に射貫かれる。

「そんなことないよ。冬那は素晴らしい素材だけど、リベタスにぴったりという意味では咲穂ちゃんが一番だ」

（リップサービス……よね？　うん、そうに決まってる）

「ありがとうございます。人気メイクアップアーティストにそんなふうに言ってもらえるなんて、光栄です」

一時間ほど話をして、だいたいの方向性は固めることができた。

「やっぱり七森さんはすごいですね。勉強になりました」

咲穂の頭のなかのイメージを彼は的確に言語化し、具体的なメイクに落とし込んでくれるのだ。どんな映像を撮りたいのか、この短時間でよりクリアになった気がする。

「いや、僕も楽しかった。正直……擢から君を紹介されたときはずいぶんと若い子を抜擢したなぁと意外に思ってたんだけど、先日の撮影と今日の打ち合わせで納得できたよ」

悠哉は咲穂が持参した企画書を持ちあげ、眺めながら言う。

「君は零《ぜろ》から一を生み出す才能に恵まれたんだね。一を十にしたり百にしたりは、経験でどうにかなる部分も多いけど……一を生み出すことにかぎっては天性のものだ」

職業柄、悠哉はきっと褒め上手なのだろう。わかっていても、一流の人間にこんな言葉をかけてもらえるのは素直に嬉しかった。

「今の言葉を撤回されないように、これからも精進します！」

「うん。この才能、大事に育ててね」

悠哉の笑顔はやはりミステリアスで……だけど、今日の瞳は温かくて、嘘がないように思えた。

「七森さんと櫂さん……小学校の同級生でしたよね？」

「そうだよ。櫂はくされ縁だって冷たいけどね」

これだけ仲がいい悠哉にも、櫂は自分たちがビジネス婚であることは秘密にしている。

『まぁ、悠哉にだけは話してもいいんだが……秘密は共有する人数が増えるほどに漏れやすくなるから、当面は内緒にしておこう』

なので彼と櫂の話をするのは、ボロが出ないかと少し緊張する。

（でも、仕事以外の共通の話題は櫂さんくらいだし）

うっかり失言しないよう、咲穂は気を引き締め直した。

悠哉の話によると、ふたりは都内の名門私立小学校に通っていたそうだ。

「保守的な男子校だったから、僕は完全に浮いてたな。当時からすでに化粧品オタクで、いつも女の子向けの雑誌を読んでいたから。〝オカマ〟っていじめられて」

子どもは無邪気で、そのぶんだけ残酷だ。少し個性的なだけで排除されてしまうことは咲穂の学校でも起きていた。

「でも櫂だけは僕を馬鹿にしなかった。『好きなものと夢があるのはかっこいい。アホは放っておけ』って言ってくれたんだよね」

彼らしいなと、咲穂は口元をほころばせる。

「櫂さん、ああ見えて面倒見がいいタイプですよね」

「そうそう。クールぶってるけど徹しきれないの」

悠哉は懐かしそうに目を細める。

「今の僕があるのは櫂のおかげなんだ。彼に出会ってなかったら、僕はとっくに夢を諦めてたと思う。勉強は苦手じゃなかったから、なんとなく〝男らしい〟理系の道に進んだりしてさ、〝普通の〟会社員になっていたかも」

当時を思い出したのか、悠哉は苦々しい笑みを浮かべた。

「まぁ、普通の会社員って意味のわからない言葉だと今でも思ってるけど」

「それ、私も思います！　よく聞く言い回しだけど、すごく失礼な話ですよね。どんな会社も、どんな仕事も、その道のスペシャリストなのに」

悠哉はパチパチと目を瞬いて、それから、ふわりと柔らかな笑顔を見せた。

彼が自分の過去を打ち明けてくれたのは少し意外だった。以前に櫂も言っていたとおり、悠哉は人に自分をさらけ出すのが苦手そうに思えたから。

(私は一応、櫂さんの妻。それでかな?)

悠哉はふと真顔になって、つぶやいた。

「櫂はどうして、咲穂ちゃんと結婚したんだろう?」

「ど、どうしてって……」

「一生、独身を貫くタイプだと思ってたからさ」

日本人としては色素の薄い、ヘーゼルカラーの瞳が咲穂を見つめる。すべて見透かされてしまいそうで咲穂はギクリとする。

(ど、どうしよう。バレたら絶対、櫂さんに怒られる)

咲穂の内心の焦りを見抜いたのか、そうではないのか……悠哉は鼻歌でも歌うような軽やかな声で続けた。

「でも、なんとなくわかってきた」

「え?」

「咲穂ちゃんと櫂、よく似てるから。気が合うんだろうね。あらためて櫂をよろしく」

「――はい」

悠哉に嘘をついていることに若干の申し訳なさを感じながら、咲穂はうなずく。

このあと、彼はまだ撮影が残っているそうなので、咲穂は礼を言って荷物をまとめはじめる。

「じゃあ、蓮見リョウと冬那の撮影も楽しみにしてる」

「こちらこそ！　七森さんの神メイク、楽しみです」

ぺこりと頭をさげて、咲穂はドアノブに手をかける。ところが、回しかけた手を悠哉が阻む。

「七森さん？」

「最後にひとつだけ、いいかな？」

彼の形のよい唇がうっすらと弧を描く。

「リベタスのモデルには咲穂ちゃんが一番と言ったのも、君の才能についても、ぜんぶ僕の本心だよ」

「え？」

「この前、ビジネススマイルはいらないと言ってくれただろう？　だから、今日の僕はずっと本音しか話してない」

（そうか。櫂さんの妻だから……じゃなく、この前の私の話を覚えてて信頼してくれたんだ）

彼の気持ちをとても嬉しく思う。と同時に、悠哉の本心からの言葉をリップサービスと決めつけて軽く流してしまったことを後悔する。彼はそれを見抜いていて、だからこそ『本心だよ』と伝えてくれたのだろう。

「すみませんでした。あらためて、ありがとうございます！　そう言ってくださるなら、堂々と自惚れちゃおうと思います」

「うん、それじゃ気をつけて」

悠哉がドアを開けてくれる。一歩踏み出してから、咲穂はくるりと振り返った。

「そうだ。私もひとつだけ」

キョトンとしている彼に、咲穂は自分の思いを伝える。

「七森さん、櫂さんに出会わなければ……と言ったけど、それは違うと思います」

彼にとって櫂が恩人であることはきっと事実で、その思いを否定したいわけではないけれど……。

「七森さんのメイクへの情熱、そんな簡単に消えてしまうものだとは思えません。櫂さんと出会わなかったら、今よりは遠回りしたかもしれないけど……それでも七森さんはこの道に導かれていたと、私は思います」

彼の才能と情熱を、神さまが見放すとは考えられない。

「そうかな?」

咲穂が「はい！」と力強くうなずくと、悠哉はどこかくすぐったそうに頬を緩めた。

「ありがとう。すごく……嬉しい言葉だ」

打ち合わせの成果を上司である理沙子に報告し、その日はほとんど残業をせずに帰宅した。

「ただいま〜」

明かりのついていない部屋にそう呼びかけて、咲穂は玄関ドアを開ける。耀は多忙な人なので、咲穂のほうが帰宅が早いのはいつものこと。

真っ暗なリビングに明かりをつけて、咲穂は細く息を吐く。

(まずいなぁ。早く帰ってこないかな？って、当たり前のように思っちゃってる)

耀の帰宅を待ちわびるようになったのは、いったいいつからだろうか？

お茶でも飲もうとキッチンに足を向けたところで、玄関のほうから物音がした。すぐに、耀がリビングに顔をのぞかせる。

「ただいま」

「耀さん！　今日は早いですね」

「あぁ、直帰だったから」

「そうだったんですね。おかえりなさい」

(あぁ、こんなに喜んだりしたらダメなのに……契約違反になっちゃうよ)

無意識に緩む頬をどうにかしようと、咲穂はムムッと眉間にシワを寄せた。

「どうした？　頭でも痛むのか？　それとも腹が減りすぎた？」

咲穂の微妙な表情の理由を彼はそんなふうに解釈したらしい。咲穂は拗《す》ねたように口をへの字にする。

「耀さん、私のこと小学生だと思ってます？」

ニヤリと口角をあげて彼が答える。

「そこまでではないかな」

「もう！」

とはいえ、彼が心配してくれていることは伝わった。咲穂は取り繕うように言葉を紡いだ。

「大丈夫です。なんでもないですから――」

最後まで言い切ることができずに、咲穂は固まる。なぜなら……。

急に距離を詰めてきた耀がコツンと額を合わせてきたからだ。

「少し熱い気がするな。風邪でも引いたんじゃないか？」

(あ、熱いのは……櫂さんの行動のせいだと思う)

だけど、反論は言葉にならなくて咲穂は口をハクハクさせるばかりだ。

「飯は？　もう食べた？」

「あ、いえ……今からなにか作ろうかと」

「じゃあ、俺が用意する。ゆっくりして待っていろ」

有無を言わさずソファに座らされてしまった。

櫂は悔しいくらいになんでも器用にこなせる人で、料理も手際がいい。あっという間に、胃に優しそうな夕食が完成した。

ふたりはダイニングテーブルに向かい合わせに座って、「いただきます」と手を合わせる。

「本当に体調不良じゃないんだな？」

「はい、元気ですよ」

彼に理解してもらうため、咲穂は元気よく料理を口に運んだ。その様子を見た彼はホッとしたように息を吐く。

(心配性なの、櫂さんらしいな)

すべてがパーフェクトなＣＥＯ、遠い星に住む人。最初はそう思っていた彼が、どんどん身近な存在になっていっている。その事実が嬉しくて……少し怖かった。

（ビジネスとして一緒に暮らしているだけなのに、心まで近づいていると錯覚してしまいそうなんだもの）

「そういえば、今日は七森さんとの打ち合わせでした。やっぱり、彼のメイクは素晴らしいですね！　こう、グッとイメージが具体的になった気がします」

「そうか。仕事が順調なのはリベタスの総責任者として喜ばしいが……」

そこまで言って、彼は不快そうに顔をしかめた。

「夫としては、ほかの男をこうも全力で褒められると……複雑だ」

櫂が向ける熱い眼差しに、ほのかな独占欲がにじんでいるように見えて、咲穂は焦ってしまう。

（ヤ、ヤキモチ……のわけないよね？）

「櫂さん。ここは自宅ですし、その……ラブラブ夫婦の演技をする必要はないのでは？」

今の会話は、〝妻を溺愛する夫〟を外向けにアピールする用としか思えなかった。

櫂は驚いたように何度か目を瞬き、ふっと口元をほころばせた。

「そうだな。君の言うとおり、ここで演技は必要ないな」

どこか含みを持たせる口調で彼は言った。

「それに、私はメイクアップアーティストとしての彼を褒めただけですよ」

悠哉は誰もが認めるイケメンだと思うけれど、やましい気持ちはみじんもないと誓える。

「そもそも、七森さんの話題を出したのには理由があるんですよ」

別に彼を褒めるのが本題ではない。悠哉が自分たちの関係をやけに気にしている様子だったこと。それを伝えたかったのだと、咲穂は説明した。

「あぁ、悠哉は俺をよく知っているからな。急な結婚を疑わしいと思っても不思議はない」

「ふたりの絆《きずな》のことも少し聞きました」

「うん。悠哉との出会いがなければ、リベタスは生まれていなかったかもしれない」

くだらない偏見や先入観をなくしたい。誰もが、もっと自由に好きなものを好きでいられる世界に――。

耀がリベタスに込めた思いが垣間見えた気がした。

「まぁ、悠哉だけになら別にバレてもいい。ただ、ほかの人間には気をつけてくれよ」

そこでふと、耀は厳しい顔になる。

「咲穂の演技はやっぱりまだまだなんだよなぁ。君の『櫂さん』には愛情が感じられないし……ちょっと練習してみようか」

（あ、愛情を込めた呼び方って……なに!?）

彼の要求はハードルが高すぎる。

「か、いさん。櫂さん……」

ただ名前を呼んで、彼は黙って聞いているだけなのに……すべてをさらけ出す親密な行為のように思えて、咲穂は目まいを覚える。

「もう一度」

その声も、まるで耳元でささやかれているように感じられた。

「櫂さん」

櫂の柔らかな笑みが咲穂の視界を占領して、ほかにはなにも目に入らない。

「白状しよう。練習はただの口実だ」

彼はいたずらがバレた子どものように、ククッと破顔する。

「ただ、俺が咲穂に名前を呼んでほしかっただけだ。『七森さん』じゃなくて『櫂さん』を聞きたかった」

その台詞は、咲穂の心臓をギュッとわしづかみにした。

（この場で演技は必要ないと言ったのに、どうしてそんな顔を見せるの？）

咲穂をからかって楽しんでいるのか、あるいは――。

「――櫂さんはとんでもない性悪です」

咲穂はぼそりとつぶやき、上目遣いに彼をにらんだ。

◇◇◇

ＭＴＹジャパン本社ビル、最上階の役員フロア。

外出から戻ってきた櫂は自身の執務室に向かう途中、大きな声を聞き、足を止めた。

「あぁ、いまいましい。本当に、どこまで邪魔な存在なのかしら？」

聞こえてくる声は、櫂の継母であり美津谷の奥さまとしてこの会社でも絶大な権力を握る美津谷塔子のものだ。

彼女の『いまいましい』『邪魔』は、子どもの頃から飽きるほど浴びせられてきた台詞なので、姿が見えずとも間違うはずもない。

（俺の話だろうな。なんてタイミングの悪い……）

櫂は眉間にシワを寄せ、高級感あふれる大理石の床をにらみつけた。

「社内の女をもてあそんだ。ＣＥＯの椅子から引きずりおろすには、ちょうどいいネタだったのに……。あんな庶民の女と本当に結婚するなんて、頭がどうかしているとしか思えないわね！」

「たしかに。正直、驚きましたが」

イラ立つ塔子に相づちを打つ声は、ＭＴＹジャパン専務の今岡《いまおか》のものだろう。弟の潤を推す派閥の筆頭だ。

「ですが、考えようによっては……強い後ろ盾のある奥さまでなくてよかったのでは？　これ以上、櫂さんが強くなることは避けられましたよ」

塔子の腰巾着でもある今岡はどうにかご機嫌取りをしようと必死だが、彼女の怒りはおさまる気配もない。

「だけど！　この結婚で美津谷櫂の評判はますますあがっているらしいじゃないの。なにが純愛よ、くだらない。どうせ新ブランド発表前の話題づくりでしょう？　優しい潤と違って、あの男は自分の利益にならないことはしないはずよ」

（あなたにだけは言われたくないですけどね……）

櫂の瞳が、スッと冷めていく。

塔子は我が子である潤だけを溺愛する俗物的な人間だが、馬鹿ではないのが厄介なところだ。目端がきくし、なにより人心の操り方をよく心得ている。

父親と自分が米国本社に尽力している間に、この日本法人はすっかり塔子の支配下に置かれていた。

(さすがは久我《くが》家の女だな)

塔子の実家である久我家は、複数の総理大臣を世に出した名家だ。とくに裏から男たちを操る代々の奥方が有能なことでも知られていた。塔子もその血を色濃く受け継いでいるのだろう。いい面でも、悪い面でも……。

「とにかく！　美津谷の後継者は潤よ。久我の血を引く、あの子が継ぐのが正当だわ。なにがなんでも櫂はつぶしなさい」

ゾッとするほど冷淡な声だった。

「……は、はい。おおせのとおりに」

ここからでは顔も見えないのに、答える今岡のおびえが手に取るようにわかった。

ふたりの気配がなくなってから、櫂はふぅと細く息を吐き、執務室へと入っていった。

トップの部屋なので、非常に豪華だ。ふかふかの絨毯《じゅうたん》にL字型の大きな執務机。背の高い窓からは開放的な景色を眺めることもできる。

高機能なオフィスチェアの背もたれに体重を預けて、櫂は視線を遠くに向けた。

現在の時刻は業務終了のベルが鳴り終わった午後六時。窓の外はすっかり暗くなり、クリスマスイルミネーションが輝いている。

子どもの頃は、街の明かりが嫌いだった。みんな帰る家がある、居場所がないのは自分だけ。そう言われている気分になったからだ。

実母は櫂が二歳のときにこの世を去ったので、記憶はほとんど残っていない。父は仕事が忙しく、顔を合わせる機会など年に数回のみ。

実母が亡くなって一年後に父が塔子と再婚することになり、腹違いの弟である潤も誕生した。弟ができたことは嬉しかったが、櫂が潤と親しくするのを塔子はひどく嫌がった。

『私の息子に触らないで！』

『なんなのよ、その反抗的な目は！　いまいましい。どこかへ行って』

自分がとてつもなく恵まれた環境に生まれたことは理解している。だが、幸せだったのかは……ずっとわからなかった。

がむしゃらに仕事をしてきたのも、自分の存在価値を誰かに認めてほしかったからなのかもしれない。

妙に感傷的になっている自分に苦笑して、櫂はPCの電源を落とした。本当はもう少し仕事を片づけてから帰るつもりだったが、なんとなく気が変わった。

(たまには早く帰ろう)


「今日はここでおろしてくれ。自宅まで少し散歩したい」

運転手にそう頼んで、マンションより手前で櫂は車をおりた。乗ってきた黒い車を見送ると、櫂はあきらかにこちらの動きに合わせて停まった後続車をにらみつけた。ウィーンと運転席の窓が開く。黒いキャップに黒いマスク、逃亡中の指名手配犯みたいな風貌の男が顔をのぞかせた。

「あ、やっぱ気づいてました?」

しつこく尾行していたくせに悪びれもせず、彼はへらりと笑った。

「ずいぶんと、仕事熱心なんだな」

おそらく、櫂と咲穂の写真を撮った記者だ。塔子の差し金で、ずっと櫂に張りついているのだろう。

「そりゃあ、美津谷櫂のネタは今、一番金になりますからね~。【午後六時半、新妻のもとに帰宅】って書くだけで、三流タレントの不倫ネタよりずっと売れます」

彼はシャツの胸ポケットからタバコの箱を取り出したが、残念ながら空だったようだ。いまいましそうに、くしゃりと握りつぶす。

「もちろん悪いな～とは思ってますよ。けど、あなた方のようなセレブと違って一般庶民は日銭を稼がなきゃ飢え死にですから」

週刊誌の記者の報酬体系は知らないので、耀としては否定も肯定もしづらい。

「まぁ、こちらも〝宣伝のときだけ利用させてほしい〟という勝手を言うつもりはない。俺の帰宅時間を記事にするくらいならご自由に」

「そう言ってもらえると、助かります」

彼はニヤリと、ヤニで黄ばんだ歯を見せた。相当なヘビースモーカーと思われる。

「ただし」

耀はグッと車体に身体を近づけて、彼を見おろす。

「自宅はさらすな。それから……妻になにかしたら、ただじゃおかない」

「ははっ。怖いなぁ、大丈夫ですよ。どこのメディアも美津谷家の権力は十分に承知していますから。持ちつ持たれつってことでひとつ！」

彼は両手をあげて降参のポーズをとった。しかし、長い前髪からのぞく瞳は獲物を狙うようにギラギラしている。

「けど、この結婚、なんかこう金になりそうな匂いがするんですよね〜」

「タバコの吸いすぎには気をつけたほうがいい。嗅覚が馬鹿になっているんだろう」

櫂はそう言い捨てて、記者の探るような眼差しに背を向けた。

（身辺にはこれまで以上に気をつけないとな）

咲穂との結婚。思いきった賭けに出たという自覚はある。

誠実な印象を与える社内結婚、おめでたい話題でイメージアップしたところでリベタス発売の告知をする。プレCMは美津谷櫂が妻と共演しているらしい、そんな噂をうまく流せば大きな反響を呼ぶだろう。実際、ここまでは櫂のもくろみどおりに進んでいる。

しかし、塔子や今の記者のように疑わしい目で見る人間も必ず出てくるとは思っていた。世の中は、火のないところに煙を立てようとする人間ばかりなのだ。

それに、櫂と咲穂は実際に婚姻届を提出しているとはいえ、『火のない』とは言い切れない結婚をしている。あれこれ探られるのは避けたい。自分だけならまだいいが、必ず咲穂を巻き込むことになるだろうから。

そこまで考えて、櫂の顔に自嘲的な笑みが浮かぶ。

（いや、そもそも巻き込んだのは俺か）

彼女の弱みに付け込んで、利用した。それは否定できない。だが、どうしても……。

（咲穂はリベタスプロジェクトに必要な人間だから）

彼女は知らないが、咲穂を美津谷エージェンシーから引き抜いたのはほかならぬ櫂自身だった。

　ＭＴＹジャパンのグループ企業の近年の業績について報告を受けているとき、たまたま目についたＣＭがあった。ハンドクリームのＷＥＢ広告だが、斬新なアプローチで新規顧客の獲得に貢献するものだった。

　これを手掛けた人物が〝出水咲穂〟だと知り、『若すぎる』だの『慣例がない』だのという社内の声を抑えてプロジェクトメンバーに引き入れたのだ。

『五分だけ、ＣＥＯのお時間をください。二週間後に必ず百点の企画をお出ししますので、この時間を無駄にはさせません！』

　最初のプレゼンで、櫂は彼女の企画案にやや厳しすぎるほどのダメ出しをした。その直後の、咲穂の目。あれを見た瞬間、櫂は無意識に頬を緩めていた。自分の直感が正しかったと確信できたから。

　咲穂の瞳に宿る熱意は削《そ》がれるどころか、ますます勢いを増して輝いていた。

自身の好感度をさげたくない。彼女を妻にして、ふたりでリベタスのモデルを務めれば話題になる。それらも嘘ではなかったが、櫂が咲穂と結婚した一番の理由は彼女に仕事を続けてほしかったからだ。田舎に帰るのを黙って見ているなど、耐えられない。リベタスプロジェクトで彼女の才能は絶対に花開く。その瞬間を、どうしてもこの目で見たかったのだ。それはそのまま、櫂の成功にも繋がっているから。

(彼女との結婚はビジネス。それ以上の理由などない。最初は本気でそう思っていたんだがな)

今の櫂は、それがただの建前であったことを知っている。

(結局、俺は初めから咲穂を……)

彼女と交わした婚前契約書。あの書面にはもともと【互いに恋愛感情を抱かないこと】という条項が明記してあったのだ。けれど、咲穂に渡す直前に削除して、印刷し直した。

櫂は自分でも嫌になるくらいに合理的で完璧主義な人間だ。自分の行動にはすべて説明できる理屈がある。だが、あの行動は自分でもまったく説明がつかなかった。なぜ、あんな気まぐれを起こしたのかと不思議に思っていたが……。

(なんてことはない。俺はとことん、合理的な男だったということだ)

あの時点で、きっと本能が感じ取っていたのだ。

【互いに恋愛感情を抱かないこと】

その条項がいずれ、自分にとって不都合になることを。

同居を始めると、ますます咲穂に惹《ひ》かれていった。仕事中はあんなにキリッとしているのに、異性には初心《うぶ》で……そんなところもかわいくて目が離せない。

ビジネス婚に恋愛感情は邪魔なだけ。

自分でそう言ったくせに、彼女に男として意識してもらいたい。そんな欲望を制御しきれなくなっていた。

『――キス、されると思った？』

『ほら、呼んでみてよ。――咲穂』

あのときも、あのときも。咲穂が自分の言葉で頬を赤らめたり、焦ったりするのが無性に嬉しくて……耀は初恋に夢中になる少年のように、心を弾ませていた。

プレCM撮影の日、悠哉が咲穂に触れるところを見たくないと思ってしまった。メイクアップアーティストがモデルにメイクをほどこすだけなのに、どうにもならないほどの嫉妬と独占欲を覚えた。

耀が彼女への恋心を明確に自覚したのは、あの瞬間だ。

（咲穂は俺の妻だ。ほかの誰にも……渡したくない）

玄関を開けてマンションに入ると、ちょうどリビングにパッと明かりがついた。咲穂も今、帰ってきたところなのだろう。

廊下を歩く自分はすっかり浮かれていて、塔子や記者に与えられた憂鬱な気持ちはいつの間にか消えていた。

明かりのついた部屋、誰かが迎えてくれる家に帰る喜びを、櫂は生まれて初めて知った。咲穂との暮らしは、優しくて心地よい。

「櫂さん！　今日は早いですね」

自分の帰宅に驚く彼女の口元がほんの少し緩んでいる気がするのは、思いすごしだろうか。

「おかえりなさい」

彼女からのそのひと言が、たまらなく嬉しい。

咲穂の体調は、自分のそれ以上に気にかかり世話を焼きたくなる。誰よりも信頼している親友の名であっても、彼女が口にすると憎らしく思えた。

「夫としては、ほかの男をこうも全力で褒められると……複雑だ」

つい本音がこぼれる。だが、咲穂にはまったく伝わらなかったようで。

「櫂さん。ここは自宅ですし、その……ラブラブ夫婦の演技をする必要はないのでは？」

驚くほど男心を理解しない彼女の頓珍漢ぶりすら、かわいく思える。

「演技じゃない」と伝えたら、咲穂はどんな顔を見せるだろう？　それを知りたい衝動に駆られたが、困らせたいわけじゃないんだと必死に自制する。

「櫂さん」

甘やかに響く咲穂の声が櫂の心を温め、溶かしていく。

「もう一度」

何度でも、ずっとこの声を聞いていたい。心から、そう思った。

◇◇◇

『法事ですか？』

『あぁ、大叔父の七回忌でね。日本の美津谷本家に親族が集まる』

そんな会話がなされたのは、ちょうど一週間前のこと。

今、咲穂は櫂の運転する車に乗って、彼の言う『日本の美津谷本家』がある港区《みなと》南麻布《みなみあざぶ》に向かっている。大使館などが立ち並ぶ、高級住宅街だ。

「まぁ親族といっても、今日集まるのは久我の人間のほうが多いくらいなんだが」

久我家は塔子の実家だ。代々政治家をしている家系で、現職の大臣もいる。美津谷家と釣り合いの取れる数少ない家門だろう。

「お父さま方のご親族は少ないいんですか?」

「決して少なくはないいんだが」

父方の血縁者は、生活基盤を完全に米国に移していて日本との縁は薄くなっているケースがほとんどなのだそう。なので日本での集まりに参加するのは、塔子の実家関係者が多くなるらしい。

「今日、櫂さんのお父さまは?」

「欠席だ」

当然のように彼は答える。

「MTYニューヨークの代表ですもんね。そりゃ、お忙しいに決まっていますよね」

咲穂にとっては一流企業であるMTYジャパンも、櫂や彼の父にとっては数多《あまた》ある海外法人のひとつにすぎない。櫂だって、きっといつまでも日本にいるわけではないのだろう。その日を思うと、鼻の奥がツンと痛むような気がした。

「もちろん多忙もあるが……継母があえて、父が出席できない日程を組んでいるせいもあるな」

苦い笑みで彼はそう暴露する。

「え、どうして？」

「あのふたりは政略結婚だからな。あまり関係がよろしくない。はっきり聞いたわけじゃないが、父は亡くなった母のことを忘れていないようだから」

（そうなんだ……）

夫の心に住み続ける亡き前妻、塔子からすれば複雑な思いもありそうだ。塔子と櫂の関係性がよくないのも、その辺りに原因があるのかもしれない。

そんな憶測をしたけれど、きっと櫂にとって楽しい話題じゃない。だから咲穂はそれ以上なにも聞かないでおいた。

「ここも、どこかの国の大使館じゃないんですか!?」

美津谷本家を前にした咲穂は、思わず隣の櫂にそう尋ねてしまった。

警備員がにらみをきかせている物々しいゲート、広大な西洋庭園。その先にドーンと立つ存在感たっぷりの洋館……いや、咲穂の感覚からすると完全に城だ。ベージュの壁面にチョコレート色の屋根、左右対称にいくつもの格子窓が並んでいる。

（いったい、何部屋あるんだろう？）

咲穂が想像できる豪邸の範疇《はんちゅう》をこえていて、「すごい」以外の感想が出てこない。

「櫂さんもここで暮らしていたんですか？」

「あぁ。祖父がルーツは大切にしろという方針だったから、小学校までね」

櫂の子ども時代を妄想して、咲穂は目を細めた。

「さぞかし美少年だったんでしょうねぇ」

「いや……暗くて、つまらない子どもだったよ」

冗談めかして言ったけれど、その表情はわずかに曇っていた。

（……そうか。櫂さんにとって、ここは心安らげる場所ではなかったんだろうな）

屋敷に入ってからの彼の様子で、それは確信に変わった。櫂の顔つきが実家に帰ってきたというより、むしろ……これから敵地に赴く将校のように険しくなったから。

おそらく無意識だろうけれど、櫂は色をなくすほどの強さで唇を噛み締めている。

「櫂さん」

「ん？」

咲穂は彼に向かって自分の手を伸ばす。

「少しだけでいいので、手を繋いでくれませんか？」

唐突な申し出に彼はキョトンとする。

「その、なんだか緊張してきてしまって」

咲穂は言い訳がましく言った。完全に嘘というわけではない。今日ここに来ているのは、本来なら咲穂が口をきくこともできないようなＶＩＰばかりで……もちろん緊張はしている。でも、自分以上に櫂の様子が心配だった。手を繋ぐことで、少なくともひとりは味方がいると彼に知ってもらいたかった。

照れたようにほほ笑んで、彼が咲穂の手を取る。

「――ありがとう」

「変な櫂さん。お礼を言うのは私のほうですよ」

察しのいい彼は、きっと咲穂の思いに気づいたのだろう。だけど咲穂はなにもわかっていない顔を続けた。

長い廊下で立ち止まり手を繋いでいると、世界にふたりきりになったような錯覚におちいる。

「さてと、じゃあ戦場に向かうとするか」

いつもの余裕を取り戻した彼の笑みが、咲穂を安堵《あんど》させる。

「はい、おともしますね！」


外観は完全に西洋風だが、内部は和洋折衷。法事は畳敷きの広々とした和室でとり行われた。法要を終えたのちは、歓談しながらみなで昼食をとる。

正直、先日の中華料理店での会食よりさらに……塔子の態度はひどいものだった。

「美津谷の次期当主は潤ですから。みなさまも、どうぞそのおつもりで」

塔子に扇動《せんどう》され、彼女の親族である久我の人々は櫂をまるでいないものとして扱い、弟の潤ばかりをチヤホヤする。

前妻の子。ただそれだけで、櫂がこんな扱いを受けるなんて……咲穂はフツフツと湧く怒りを抑えきれなくなりそうだった。

（くだらない。子どものイジメと同じじゃないの）

「あら。ごきげんよう、咲穂さん」

完全に空気扱いされている咲穂のもとに近づいてくるのは梨花だけだ。

（目的はどうあれ、無視しないでくれるだけ優しいのかも）

絵に描いたようなイジメっ子の笑みを浮かべて、彼女が話しかけてきた。

「慣れない場に連れてこられて、咲穂さんも大変でしょう。庶民のあなたには、ここは場違いすぎるわよねぇ」

ひねりのない嫌みを言って、クスクスと笑う。咲穂はにっこりとほほ笑み返す。

「お気遣いありがとうございます。でも、私は大丈夫ですので」

咲穂が堂々としているのが気に食わないのだろう。美しい彼女の顔がピクリとゆがむ。

「そう、余計なお世話だったかしら」

咲穂は返事をしないことで肯定の意を示した。いまいましそうに梨花はつぶやく。

「あなたごときが櫂さんの妻なんて……彼女とは比べものにも……」

「彼女？」

咲穂が聞き返すと、梨花はクスリと意地悪に口元を緩ませた。

「いいえ、なんでもないわ」

そして、去り際に咲穂の耳元で吐き捨てる。

「身の程はわきまえておくのが、あなたのためよ」

（思わせぶりに……なにを言いたかったんだろう？）

気にならないと言えば嘘になるが、咲穂の思考はそこで中断された。梨花と入れ違いで、離れていた耀が戻ってきたからだ。

彼は眉根を寄せて、梨花の背中を振り返った。

「彼女になにか言われたのか？」

「いえ、あいさつをしていただけです」

（あの程度の意地悪を真に受けて、落ち込んだら彼女の思うツボだ）

自分にそう言い聞かせて、耀を安心させるようにほほ笑んだ。

「それなら、いいが」

しばらくしてから、咲穂はお手洗いのためにその場を離れる。

用を足して耀のもとに戻ろうとしたとき、廊下で意外な人物に声をかけられた。

「どうも、咲穂さん」

「……潤さん」

ニコニコしてそこにいたのは、耀の弟である潤だった。

たしか彼は咲穂よりひとつ年上だが、一応義姉になるので『さん』づけしてくれたのだろう。営業部にいる彼と仕事で顔を合わせる機会はほぼないので、言葉を交わすのは中華料理店での初対面の日以来だ。

「ギスギスしたつまらない席に連れてこられて、咲穂さんも大変だね～」

櫂と敵対する派閥の旗頭なので、ちょっと警戒してしまったが……潤自身は咲穂に悪意を持っている様子はない。無邪気というか、実年齢と比較してもやや幼い印象を受けた。

「いえ、そんなことは――」

否定しようとした咲穂の言葉を遮って、彼はぷっと小さく噴き出す。

「無理しなくていいって。誰がどう見てもギスギスしてるんだからさ」

あまり似ていないと思っていたけれど、笑ったときの目元は少し櫂に似ている。

「えっと、潤さんはこんなところにいて大丈夫ですか？　お部屋に戻られたほうが……」

取り繕うように話題を変えて、咲穂はチラリと和室の方角に目を向ける。塔子を中心として、まだ賑やかなお喋りが続いているはずだ。

「う～ん、別に誰も俺のことなんか求めてないでしょ」

悲しい台詞だが、本人は他人事のようにケロリとしている。

「奥さんですらあの調子なの、咲穂さんも見てただろ」

彼は芝居がかった仕草で肩を落としてみせた。梨花が今日も、塔子にべったりなのを指しているのだろう。

「うちの奥さんね～、最初は兄貴のこと狙ってたんだよ。でもあっさり撃沈して。だから兄貴を蹴落として俺を美津谷の後継者にしたくて必死なの。笑えるよね」

咲穂が聞いたわけでもないのに、彼は自分と梨花の結婚は塔子が強引に決めたことだと話してくれる。

「ま、梨花は美人だし不満ってわけでもないけどさ」

なにもかもどうでもいいと思っているみたいに、投げやりに彼は続けた。

「けど、母さんも梨花も馬鹿だよね。俺と兄貴じゃ能力の差は一目瞭然なのに。会社をつぶす気なのかな？」

潤のあっけらかんとした笑顔が、咲穂の目にはひどく寂しげに映った。

（苦しんでいるのは、櫂さんだけじゃないんだ）

それでも闘い続けることを選んだ櫂と、諦めて土俵をおりてしまったように見える潤。けれど誰が潤を責められるだろう。きっと〝美津谷〟の名があまりに重すぎるのがいけないのだ。

「それにしてもさぁ」

潤はパッと瞳を輝かせて、咲穂を見る。

「あの兄貴が咲穂さんみたいな女性を選ぶとは……正直、すっごく意外。あ、ごめん。

失礼な発言だった？」

　確認するまでもなく無礼な発言だと思うが、潤にはまったく邪気がないので腹も立たなかった。それに、彼の感想はごくごく一般的で、百人中九十九人が同じことを思うだろうから。

「気にしないでください。私もそう思っていますし」

　少し笑って咲穂は答える。

「だよね～。アイビーリーグ在学中に起業して億万長者になりました、みたいな鋼《はがね》の女と結婚するんだろうな～と思ってた」

　アイビーリーグはたしか、米国の有名大学グループを指す言葉だ。どんな大学が含まれていたかは、自分には無縁すぎて思い出せないけれど。

「あ、でも兄貴が昔好きだった女もそういえば日本人だしな。大和撫子《やまとなでしこ》が好みなのかも」

　言いながら、潤は咲穂を見て首をかしげる。

「けど咲穂さん、別に大和撫子タイプじゃないか」

「――今のは、ちょっと失礼だと思いますけど」

　咲穂は軽く口をとがらせる。

「あはは。ごめん」

潤と笑い合いながらも、彼の発した『兄貴が昔好きだった女』という単語が咲穂の頭のなかをリフレインしていた。

（いや、好きだった人くらい当然いるよね。昔って……単語の意味的には、小学生時代とかも含まれるわけだし）

そもそも、ビジネス妻でしかない自分が櫂の過去を詮索するのはおかしい。その事実には気づかないふりをする。

「咲穂っ。よかった、ここにいたのか」

その声が咲穂の思考をストップさせた。

潤と話をしていた廊下に、櫂が小走りでやってくる。お手洗いに行くとしか告げていなかったので、遅いと心配してくれたのかもしれない。

「すみません。潤さんと少し話をしていて」

櫂の視線が咲穂から潤に向く。潤は首をすくめて、おどけた声を出す。

「そんな怖い目でにらまないでよ。ただ雑談してただけだから」

「別ににらんでないぞ。妙な邪推をするな」

「いやいや、邪推じゃないでしょ。兄貴がそんな嫉妬深い男とは知らなかったな」

否定しない櫂を見て、潤はクスリとする。それから片手をあげて「またね、咲穂さん」と和室に戻っていった。

「すみません、ご心配をおかけして」

咲穂が頭をさげると、櫂はゆるゆると首を横に振った。

「いや、一緒にいたのが潤ならいいんだ。久我の誰かに嫌がらせでもされているんじゃないかと焦った」

咲穂は驚いたように目を丸くする。中華料理店では、櫂と潤はまったく会話をしていなかったので、あまり関係がよくないのかと想像していたのだ。

「……潤さんと仲良しだったとは知りませんでした」

櫂は控えめな笑みで答える。

「俺とあいつが親しくすると継母が機嫌を悪くするからな」

前回話していなかったのは、それが理由だったのだろう。

「仲良しというほどでもないが、このなかで〝敵じゃない〟と断言できるのは、潤と……」

そこで言葉を止め、彼は甘やかに咲穂を見つめる。

「咲穂だけだ」

昼食を終えて、午後三時前には散会になった。

「疲れたから甘いものでも買って帰るか」という櫂の提案で麻布十番《あざぶじゅうばん》の街に出て、
咲穂は苺のショートケーキ、櫂は濃厚ショコラのオペラケーキを買う。

マンションに着いたのは三時半頃。アフタヌーンティーにちょうどいい時間だったので、咲穂は紅茶を入れることにした。

「わぁ、茶葉がたくさんありますね。どの種類がいいですか?」

「もらいものがたまっているんだ。どれでも、咲穂の好きなものを使って」

「じゃあ、アールグレイにしようかな」

咲穂が紅茶を準備する間に、彼はケーキをテーブルに並べてくれた。

リビングのソファに座り、ふたり揃って「ふぅ」とひと息つく。

「櫂さんのオペラもおいしそう!」

「苦行に付き合わせた礼に、ひと口どうぞ」

櫂は自分の皿をスッと咲穂のほうに押す。

「苦行なんてことはないですが……ケーキは遠慮なく!」

咲穂は櫂のオペラケーキに手を伸ばした。

カカオの香りが口いっぱいに広がり、緊張でこわばっていた心がほどけていく。隣の櫂の表情も柔らかだ。

「甘いものを食べると幸せな気分になりますよね」

「あぁ」

「よかったら、私のショートケーキもひと口どうぞ」

「ありがとう」

ケーキを半分ほど食べ終えたところで、咲穂はしみじみとつぶやいた。

「なんていうか、セレブにはセレブの苦労がやっぱりあるんですね」

「潤からなにか聞いたのか？」

「梨花さんとの結婚、お義母さまが強引に決めたものだって」

咲穂の言葉に櫂はうなずく。

「穂高《ほだか》さん、まぁ今は美津谷梨花だが……彼女はもともと継母に従順な今岡専務の秘書だったんだ。潤派の派閥をしっかり固めたい継母と、玉の輿狙いの穂高さんの利害が一致した。多分、そこに潤の意思が入る余地はなかったんだろうな」

櫂は優しい表情になって続けた。

「潤は昔から絵を描くのが好きで、才能もあった。本当はそっちの道に進みたかったんだと思う。美津谷の家に生まれたのは、あいつにとっていいことだったのか……」

その言葉はずしりと重い。

「櫂さんも、そんなふうに思ったことがあるんですか？」

言ってしまってから、咲穂はハッとする。不躾な発言だったかもしれない。だけど、潤の苦しみはそのまま櫂の苦悩でもあるように感じたのだ。

苦い笑みが櫂の顔に浮かぶ。それが答えのように思えた。

「すみません、出すぎた発言でした。忘れてください」

自分の不用意なひと言が、きっと彼の傷痕をえぐった。申し訳なくて、咲穂は絞り出すような声でそう告げた。だが――。

「いや。咲穂には知っておいてほしい。俺の過去も、そして現在も。君は俺の妻で、ともに闘う大切なパートナーだから。聞いてくれるか？」

咲穂がうなずくと、彼は静かな声で語り出す。

「たしかに、あの家のことは……好きではなかったな」

もう、そのひと言だけで櫂が長年抱えてきた寂しさがありありと伝わってきた。

「前にも少し話したが、継母は久我の血に誇りを持っている。庶民の血を引く俺が長男だからと大事にされ、自分の高貴な血を受け継ぐ潤が日陰の立場になっていることが納得できないんだろう」

「櫂さんが表舞台に立っていられるのは〝長男〟だからじゃないですよね。実力があるからこそでっ」

咲穂はつい熱くなる。けれど、櫂は静かにほほ笑むだけだ。

「実力を示せば……俺も子どもの頃はそう思ってた。がんばれば、いつか継母も認めてくれるだろうと」

でも、結果は逆だったようだ。櫂の優秀さが目立つようになればなるほど、彼女は櫂を憎むようになっていった。

「十二歳になったとき、あの家を出て米国のジュニアハイスクールに入学した。全寮制の学校だったんだけど、ルームメイトが『おかえり』と声をかけてくれるのにひどく驚いたな」

「え？」

櫂の言葉の意味がすぐには理解できなかった。

「実母は物心つく前に亡くなっているから、俺は誰かに『おかえり』を言われたことがなかったんだ。美津谷の屋敷には従業員が大勢いたが、彼らはビジネスライクだから『おかえり』なんてフランクな接し方はしてくれなくてね」

櫂は笑っているけれど、深い悲しみがこちらにも伝わってくるようで……咲穂の瞳はじわりと潤んだ。自分が泣くような場面じゃないとわかっているけれど、込みあげるものを抑えきれない。

「生まれてくる家は選べないけど、結婚して新しくつくる家庭はそうじゃないって話を聞いたことがあります」

やけに必死になって、咲穂は言葉を重ねた。

「だから、これから！　櫂さんを温かく迎えてくれる家庭をつくることだって……」

なにを言うつもりなのか、自分でもよくわからない。だけど、たしかに伝えたい気持ちがあって……。

彼の口からふっと優しい笑みがこぼれる。

「それ、プロポーズの言葉みたいだな」

「えっ⁉　いや、その、決してそういう意図では……」

ないとは言い切れなかった。

（ううん。むしろ、そういう意味だ。私がいます！って、櫂さんに言いたかったんだ）

自分がなにを伝えたかったのか。その答えがわかってしまって、咲穂の顔はみるみる赤く染まっていく。注がれる櫂の視線に耐えきれず、咲穂は両手で顔を覆《おお》ってうつむいた。

「ご、ごめんなさい。今は……見ないでください」

こんな顔を見られるわけにはいかない。

『俺には惚れるな』

彼にそう言われたとき、咲穂は自信満々で〝絶対にない〟と答えていたのだ。

(なのに今さら……)

混乱する咲穂の頭上に穏やかな声が落とされる。

「温かく迎えてくれる家庭なら、もう手に入れたつもりなんだが」

「え?」

「咲穂のいる、この場所。君はいつも俺に『おかえりなさい』を言ってくれる」

顔を覆い隠していた咲穂の両手を、櫂がそっと取り払う。

すごく近いところで視線がぶつかって、彼の少し照れたような表情に心臓がキュンと切なく締めつけられた。

「俺と結婚してくれてありがとう。――君でよかった」

その言葉はまるで優しい雨のように咲穂の心に染み入って、潤した。

(どうしよう、私……この男性《ひと》が……)

戸惑いに揺れる瞳で彼を見つめれば、櫂はクスクスと笑い出す。

「咲穂。ここ、クリームがついてる」

自身の唇の端を指先でトントンとしながら、彼は言った。

「えぇ……ほ、本当ですか？」

恥ずかしさで顔が熱くなる。

（あぁ、雰囲気が台無し。私ってば……）

どうして肝心な場面でこうなってしまうのか。自分の逆恋愛体質に呆れながら、咲穂は指で口の端を拭う。

「違う、反対のほう」

思った以上に、彼の声が近くに聞こえた。

「――え？」

視界いっぱいに、櫂の美しすぎる顔面が迫ってくる。キスするみたいに首をかしげて、彼はペロリと咲穂の唇の横を舐《な》め取った。

「い、今……」

キスとはいわないかもしれない。でも、たしかに唇同士が触れ合った。

「甘いな」

クリームなんかよりずっと甘い声が、より一層近くで響く。鼻先がぶつかり、咲穂はビクリと肩を揺らした。

彼の長い指がそっと咲穂の顎をすくい、ゆっくりと唇が重なる。今度はちゃんと……キスだった。

ほわほわとした多幸感で、なにも考えられなくなる。

櫂がグッと強く、咲穂の身体を抱き締めた。想像以上に逞《たくま》しい胸板に包まれて、咲穂の心臓はバクバクと壊れそうに鳴っている。

「自分は理性的な人間だと思っていたが……案外そうでもなかったようだ」

苦笑する彼の唇がもう一度近づく。かすかに香る苺とチョコがいやに官能的だ。

今度はさっきよりも熱く、深いキス。差し入れられた舌が咲穂の口内をなぞり、熱を高めていく。

「ふっ、んん。櫂さん」

「こんな色っぽい声が出せるとは、知らなかった。もう少しだけ……聞きたい」

「――あっ」

櫂のキスはいつまでも、いつまでもやまなかった。

五章　幸福な錯覚

　年が明けて一月。三が日は過ぎたものの、まだ正月気分を残したような、まったりモードの日曜日。

　柔らかな朝日が差し込むダイニングで、ふたりは朝食をとっていた。メニューは焼き立てのクロワッサンとミルクたっぷりのカフェオレ。

「いい朝ですねぇ」

「そうだな」

　一緒においしいものを食べて笑い合う。それだけで胸が温かくなって、幸せという言葉の意味を実感する。

　テレビから流れてくるのは、休日の朝にありがちなのんびりとした旅番組だ。

「咲穂の地元の温泉、いつ行こうか？　結局、この年末年始は帰省できなかったしな」

「私は来月のリベタスの発売日が過ぎれば休暇も取れそうですけど。櫂さんは難しいんじゃないですか？」

　咲穂と違って、彼は社内のほかの案件にも目を配らなくてはならないから。

「それを言っていると永遠に休めないしな。咲穂に合わせて俺も休む」

（この会話、なんだか本物の夫婦みたいだな）

心に浮かんだその思いはくすぐったくて、少し痛い。

「あ、うちのＣＭだ」

櫂の目がふたたび、テレビへと向く。彼につられて、咲穂をそちらに首を振った。

今月から放映が始まった、リベタスのプレＣＭ。櫂と咲穂が共演したものだ。といってもメインはあくまでも櫂で、咲穂は後ろ姿や横顔がほんの一瞬だけ映る程度。よほど親しい人間以外には気づかれることもないだろう。

（櫂さん、やっぱりオーラあるなぁ。瞳の輝きが強いからかな？）

画面に大きく映る櫂のアップ、ため息が出るほどに素敵だった。

静かだが印象に残るスタイリッシュな映像を、リベタスのかっこいいロゴが締める。

「ふふ。我ながら、完璧な出来栄え！」

目にするたびに頬が緩む。

「評判も上々だしな」

櫂も満足そうだ。テレビＣＭだけでなく、少し長めのＷＥＢ広告版も流れているのだが、そちらは若い世代を中心に反響を呼んでいる。

「……耀さんのもくろみ、想定以上の効果でしたね！」

カフェオレの入ったマグカップを口に運びながら、咲穂はにんまりする。

夫婦共演を匂わせたら、絶対に話題になる。耀のその作戦は期待をこえる成果をあげた。断言せずに〝らしい〟で止めておいたのが、結果的に成功の秘訣になった。

「テレビでも、ネットニュースでも、すごく話題になっていますよ」

少ししか映らない咲穂の映像に注目して、『この女性が美津谷CEOの奥さまらしいんですよ！』とコメンテーターが鼻息荒く解説する場面を何度も見た。

「あれ、嬉しくないんですか？」

咲穂は首をかしげて耀の顔をのぞく。

彼にとっては〝してやったり〟な状況かと思ったのだが、なんだか微妙な表情をしている。

「CMの成功は嬉しいが……ちょっと……思っていた以上に君が注目を集めているのが気がかりだ」

どうやら、咲穂の身を案じてくれているようだ。

「ありがとうございます。でも、大丈夫だと思いますよ。ネットの口コミとかも、おおむね好意的ですし」

　燿が共演相手にモデルや女優じゃなく妻を選んだというストーリーは、メディアがそう演出しているせいもあるだろうが……世間にはとてもウケがよかった。咲穂の外見が地味だったのも、『お相手を堅実に選んだ感じがして、素敵～』と、燿の株をあげる要因になっている。

（まぁ、彼がもともと世間に好かれていたおかげよね）

　たとえ同じ行動をとっても、好感度の高い人間とそうでない人間では人々の反応は変わってくる。ＣＥＯ自らがモデルを務めるという、普通ならば賛否両論になりそうな企画で最高の結果を残せたのは、彼の自己プロデュース能力ゆえだ。

　咲穂が大丈夫だと言っても、燿はまだ心配そうな顔をしている。

「仕掛けた俺が言えた義理じゃないが……万が一、身の危険を感じるようなことがあればすぐに教えてくれ」

「──はい」

「なんだ、ニヤニヤして」

　咲穂の緩んだ口元を見て、彼がかすかに眉根を寄せる。

「いえ。仕事の鬼なのに……どこかで冷徹になりきれないの、燿さんらしいなと思いまして。そういうところ、すごく……」

そこで、はたと気づいて咲穂は両手で自身の口を塞ぐ。

「言いかけて途中でやめるな。気持ち悪いだろう」

「えっと、悪口じゃないですよ！　だから気にしないでください」

「……ふぅん」

耀は意味ありげな眼差しをこちらに寄こしつつも、追及はしてこなかった。咲穂は彼にバレないよう、ホッと胸を撫でおろす。

(あぶなかった〜。うっかり、そういうところが〝好き〟って言いかけちゃった)

好き。心のなかで言語化するだけで、頬が熱くなる。上品な仕草でクロワッサンを食べている彼が、愛おしくて……同じくらい憎らしい。

あのキスより前から、自分でも薄々勘づいてはいたのだ。このままだと、きっと彼に溺れてしまうと。そして、まんまとそのとおりになってしまった。

(好き。私、耀さんのことが大好きだ)

だけど、まだ一度も……言葉にして彼に伝えたことはない。

(だって、恋愛感情を抱くのは契約違反だから)

咲穂は戸惑いのにじむ瞳でそっと彼を盗み見る——はずだったのだが、耀も同じタイミングでこちらを向き、バチッと視線がぶつかった。甘く笑んだ彼は立ちあがり、向かいに座る咲穂のもとまで歩いてきた。

「ど、どうしたんですか？」

咲穂は椅子に腰かけたままなので、自然と見あげる形になる。彼は咲穂の椅子の背もたれに手をかけ、腰を折って顔を近づけてきた。

「咲穂が、キスしてほしそうだったから」

「え、え、えぇ!?」

ボンッと音を立てそうな勢いで、咲穂の顔が赤く染まる。

「そ、そんなこと思っていません。本当に、まったく！」

滑稽《こっけい》なほど必死で否定する咲穂に彼はクスクスと笑う。

「じゃあ俺がしたかったから、そう見えたんだな」

そんなつぶやきが聞こえた次の瞬間、咲穂の唇に柔らかなぬくもりが落ちる。

「んっ」

触れるだけの優しいキスだけれど、角度を変えながら彼は何度も唇を重ねてきた。

「ど、どうして急に」

ようやく解放された唇で、咲穂は彼に問いかける。

「夫婦がキスをするのに理由が必要か？」

櫂の堂々とした笑顔が、やっぱり少し恨めしい。

初めてキスしたあの日から、ちょうど三週間。彼はどんどん甘くなって、咲穂を本物の妻のように扱う。

優しい言葉、頼りがいのある行動、そして今みたいな糖分たっぷりのスキンシップ。

(だけど、櫂さんの本心は全然読めない)

咲穂と同じように、ビジネス婚をこえた感情を抱いてくれているのか、それとも彼のなかではこの程度のスキンシップならルール違反には当たらないのだろうか?

恋愛経験の乏しい咲穂にとっては、キスもそれ以上の行為も重みはまったく同じ。つまり、好きな人としかしたくない。けれど櫂は咲穂より六つも年上で、きっと経験も豊富なはず。キスくらい、なんでもないのかもしれない。

(キスはあるけど、それ以上はないし……)

それがまた、咲穂を悩ませるのだ。

(身体の関係は契約違反。だから、抱いてはくれないの?　結局、櫂さんにとっての私は……ビジネス妻?)

直接、聞いてみればいい。わかってはいるのだが……どうしても、勇気が湧いてこない。

（櫂さんはどうして〝美津谷櫂〟なんだろう？）

そんな芝居がかった台詞を、心のなかでつぶやく。

でも結局のところ、咲穂が臆病になる理由はこれなのだ。恋愛経験豊富そうな、六歳年上の男性だったとしても、ごく普通の一般家庭に生まれた会社の先輩とかだったら……咲穂ももう少し素直にぶつかっていけた気がする。

（親会社のCEOってだけでもすごいのに、彼は……いつかMTYニューヨークの代表になるかもしれない人）

いずれまた米国に戻り、世界を股にかけて活躍するのだろう。

（そのとき、私が彼の隣にいられると思う？）

ふと冷静になると、やっぱり住む世界が違いすぎるという現実が咲穂を打ちのめす。

（シンデレラやお伽話《とぎばなし》のお姫さまたちは、ハッピーエンドのその先もずっと幸せでいられたのかなぁ）

「――ほ。咲穂」

自分の世界に浸っていた咲穂を櫂の声が呼び戻す。

「あ。ごめんなさい、ぼーっとしちゃって。なにか？」

「今日はふたりとも一日オフだ。よかったら映画にでも行かないか？　咲穂の観たがっていたサスペンス、公開されただろう」

　耀がとびきりの笑顔で手を差し出してくれる。

「……行きたいです、耀さんと一緒に」

　いつか傷つくはめになるかも。その不安はずっと脳裏を離れないのに、それでも咲穂は彼の手を取ってしまった。

（今だけ、もう少しだけ）

　十二時の鐘が鳴るまでは——。未練がましく、靴を落としたりはしないから。

（ど、どうしよう。すごく観たかった作品なのに、ぜんっぜん集中できない）

　耀が予約してくれたのは、新宿《しんじゅく》にある大型のシネコン。高級ブランドのソファでゆったりとくつろぎながら鑑賞できるというプレミアムシートなのだが……。

（この席、ソファというよりベッドに近くない⁉）

　噂に聞くカップルシートというやつなのだろう。周囲の視線が気にならない造りになっていて、ほぼ寝転んだような体勢をとることができてしまう。

　耀の腕が咲穂の肩に回り、グッと引き寄せられる。彼の香りに包まれて、全身がぶわりと熱くなる。

（わ、わぁ～）

こうなると、もう映画どころではない。咲穂の意識は、隣の彼にばかり集中してしまう。

どんな事件が起きて、誰が犯人だったのか、なにもわからないまま映画館を出るはめになった。

「なかなかおもしろかったな」

「……ソウデスネ」

「なんでカタコトなんだよ」

白い歯を見せて彼が笑う。

（私はこんなにドキドキしているのに、櫂さんは余裕だなぁ）

少し悔しい気持ちで、咲穂は彼を見つめる目を細めた。

「カフェでお茶して、買いものでもするか？」

でも、その言葉ひとつですぐに機嫌が直ってしまう。

「はい！　白木チーフにオススメしてもらったセレクトショップに行ってみたくて……」

「いいよ。なんて店？」

目的の店はすぐに見つかった。

全身が映る鏡の前。咲穂は右手にオフホワイトのニットワンピース、左手に黒いツイードワンピースを持って、「う〜ん」と眉間にシワを寄せる。

(たまには女性らしい洋服にチャレンジしてみようと思ったけど、普段ほとんど着ないから……これ、似合っているのかなぁ?)

「迷ってるのか?」

「はい。燿さんはどっちがお好みですか?」

「……そうだな」

彼は咲穂の後ろに回って、二着のワンピースを順番に咲穂の身体に当てる。距離の近さにまたもやドキドキしながら彼の答えを待つ。

「どっちもよく似合いそうだ」

「お世辞じゃなくて、できれば本気のアドバイスを! 私、自分のセンスにあまり自信がないので」

広告の色彩センスはよく褒められるのだが、自分のファッションとなると途端にわからなくなってしまう。燿はファッションセンスも抜群なので、本音の意見を聞きたいところ。

「お世辞じゃなく、どっちもかわいいよ。以前にも言っただろう。咲穂は無色透明だって。なんでも似合うから好きなものを着たらいい」

ファッションは苦手だと思っていたけど、彼がそう言ってくれると少し自信が持てそうだ。

「う、嬉しいですけど……余計に決められない」

咲穂が嘆くと、彼はクスリと笑って二着ともレジに運ぼうとする。

「え。耀さん、待って」

「白いほうは次のデート、黒いほうはその次のデートに着てほしくなった。だから、この二着は俺が買うよ」

「いやいや、洋服くらいは自分で！」

咲穂は固辞したが、耀に説得されてしまう。

「会計してくるから、先に出て好きな店を見ていて」

（花束と指輪に続いて……またプレゼントしてもらっちゃったな。そうだ、なにかお返しを！）

「あ、じゃあお手洗いに行ってきていいですか？　少し時間がかかると思うので、戻ってきたら電話します」

お手洗いは嘘だ。櫂に内緒で、ちょっとしたお返しの品を買いたいなと思ったのだ。

「了解」

咲穂はメンズの店が並ぶエリアに向かう。

(でも、ちょっとしたお返しって実は一番選ぶのが難しいよね。う～ん)

ファッション小物、文房具、いっそ食べもの？　ゆっくり選ぶほどの時間はないのに、悩んでしまう。

(あ、これ！)

たまたま目に留まった品物にビビッときた。

(うん、いいかも。喜んでもらえそう！)

急いで会計を済ませて、彼のもとに戻る。

「夕食、この前はフレンチだったから和食はどうだ？」

「はい！　和食も大好きです」

咲穂が元気よく答えると、彼はこらえきれないといった顔でぷっと噴き出す。

「咲穂のその素直なとこ、本当にかわいいな」

大きな手がくしゃりと咲穂の頭を撫でる。

こういうスキンシップ、少し前までは嬉しくて、ただドキドキするばかりだったのに……今日はなんだか複雑な気分になった。

（かわいい、かぁ。耀さんから見ると、私はやっぱり子どもなのかな）

六つも年下だから？　それとも、咲穂の恋愛経験値の問題だろうか。

「なにを拗ねているんだ？」

いぶかしげに、耀が首をかしげた。

「拗ねてなんかいないですよ」

「嘘つけ。君の演技の下手さは十分に知っているから、ごまかすな」

耀は追及の手を緩めない。咲穂は諦めて、正直に自分の気持ちを伝える。

「その、耀さんの目にはやっぱり私は……子どもっぽく見えますか？」

耀に女性として見てほしい。その思いがどんどん膨れあがっていく。

「君を子どもっぽいと思ったことはないな。自分の力で夢をつかもうと努力していて、年齢以上に大人だなと感じている」

「え？　本当ですか？」

急に褒められて、なんだか照れてしまう。

「あぁ。でも、君が子ども扱いされているように感じたのなら、それは俺が悪かった。謝るよ」

「いえ、櫂さんのせいじゃないんです。なんというか、私の気持ちの問題で……」

自分のこの感情をうまく伝える言葉が見つからない。だけど、櫂は気づいてくれたのかもしれない。ニヤリと笑って、咲穂の耳元でささやく。

「そういうことなら、遠慮なく大人のデートをさせてもらおうか」

「ええ⁉」

背の高い彼を上目遣いに見つめると、熱情のにじむ色っぽい眼差しが返ってくる。

「俺の理性を溶かした、君が悪い」

彼が咲穂の手を取る。指先を絡める動作が妙に官能的で、胸がドクドクと波打った。

(手は何度も繋いだことがあるのに、今日は違う気がする)

新宿から銀座に移動して、高級寿司店でディナー。まさに大人のデートだ。

(でも、デートの内容がどうとかじゃなく……)

咲穂に触れる手つきとか、いつもよりさらに近い距離とか。今夜の彼は色気全開に咲穂を翻弄《ほんろう》する。

「こんなにおいしいお寿司は初めて食べました。もう、おなかもいっぱい」

「それはよかった。けど……まだ帰さないから」

低く艶めいた声が咲穂の耳をとろけさせる。背中がゾクゾクして、膝から崩れ落ちてしまいそう。

（帰さないって、それはどういう……？）

ありえないいほど高鳴るこの鼓動は期待なのか、それとも不安か。自分でも判断できない。

耀が連れてきてくれたのは、会員制のクラブと呼ばれる場所だった。ダーツやビリヤードが楽しめる遊戯場、広いパーティールーム、個室のバーなどを備えているらしい。以前に彼と企画会議をした美津谷ビルのバーは知的で落ち着いた空間だったが、ここはもっときらびやかで……〝大人の社交場〟といったところだろうか。すれ違うカップルも、まるで外国人のように歩きながらカジュアルにキスを交わしている。

「耀さんも、こういう場所で遊んだりするんですね」

「……付き合いで会員にさせられただけで、来たのは初めてだ。思っていた以上に軽薄そうだが、たまにはいいだろう」

案内された個室はすごく広々としていて、ホテルの一室のような雰囲気だった。夜景が望めて、ベッドこそないがL字型のふかふかのソファが置かれている。

暗めの照明がアダルトな空気を醸し出す。

（これは、想像以上に大人のデートだ）

「おいで」

ドキドキしすぎて足元がおぼつかない咲穂を、櫂がエスコートしてくれる。

「この店はいいワインを扱っているのがウリらしいから、ワインでいいか？」

「はい。焼酎なら多少の知識はありますが……ワインには詳しくないので、お任せで」

「蔵元の娘だもんな。お義父さんの作る焼酎は最高だったよ」

結婚のあいさつに行ったとき、父にすすめられて味見してくれたのだ。

「櫂さんがいける口だと聞いて、父は嬉しそうでした。私も兄もお酒、弱いから」

そんな咲穂を気遣って、彼はフルーティーで飲みやすいワインをオーダーしてくれた。高級そうなチーズやチョコレートも一緒に運ばれてくる。

櫂はすぐに迫ってきたりはしなかったけれど、先ほどの宣言どおりに普段よりちょっと強引で男らしい顔を見せる。咲穂を見つめる瞳に劣情がにじんで見えるのは、気のせいだろうか。

「そうだ！　櫂さん、これ」

咲穂はかたわらに置いてあったハンドバッグから、先ほど買ったプチギフトを取り出す。

「洋服のお礼です。えっと、本当にたいしたものじゃなくて恥ずかしいんですけど」

「……いつの間に」

中身を気に入ってくれるかは別として、サプライズは成功したようだ。彼は嬉しそうにほほ笑んでくれる。

「開けてもいいか？」

「もちろん」

咲穂が選んだ品はシンプルな革のブックカバーと栞《しおり》のセット。仕事関連の本はもちろんのこと彼はミステリー小説が好きなようで、時間を見つけて楽しんでいるのは知っていた。

「ありがとう、大事にする」

「喜んでもらえてよかった」

咲穂がはにかむように笑うと、彼もジャケットの内ポケットからなにかを取り出す。

「俺も。さっき、咲穂に似合いそうなものを見つけたから」

ブルーの包装紙に包まれた小さな品物を、彼は咲穂に手渡す。

「……お礼にお返しをもらったら意味がなくなってしまいますよ」

そう言ったけれど、彼の気持ちが嬉しくて思いきりにやけてしまう。自分がブックカバーを買っている間に、彼はこれを選んでいてくれたのだろうか。気持ちが通じ合ったような気がして、心がソワソワと浮き立つ。

「わぁ！」

包みを開けた咲穂は、喜びの声をあげる。リボンの形のバレッタだった。黒と白のギンガムチェック柄で、リボンの結び目部分は黒いベロア生地。かわいらしいけれど大人っぽくもあり、とても素敵だ。

「これって、もしかして……」

いつかの櫂の台詞を思い出す。

『ギンガムチェックにベロアのリボンか。覚えておくよ』

咲穂が子ども時代に好きだったものの話をしたとき、彼はそんなふうに言ってくれたのだ。

（本当に覚えててくれたんだ）

櫂は咲穂の顔をのぞき込んで、自信たっぷりな笑みを浮かべる。

「見つけたとき、咲穂のための品だなと思った」

「……ありがとうございます！」

「今日買った二着のワンピースにもきっと似合うよ」

お喋りに花が咲き、咲穂のグラスは意外と早く空になった。

ボトルを持った彼に聞かれる。

「もう一杯くらい飲むか？」

「はい。この、おつまみのチョコレートもおいしいですね。なかにフルーツジャムが入っていて」

先ほど食べたのは柚子風味だった。咲穂はもうひとつ、つまんで口に入れる。

「あ、こっちは苺だ」

甘酸っぱい苺とビターチョコは相性抜群だ。

（苺とチョコ……）

ふいに、櫂と初めてキスしたときのことが蘇ってくる。櫂が食べていたのはオペラケーキ、咲穂は苺ショート。

だから、自分たちのファーストキスは苺チョコの味だった。

「どうした？　急に顔が赤くなったぞ」

櫂が手の甲でそっと咲穂の頬に触れる。

「その、櫂さんと初めてキスしたとき……苺チョコの香りがしたなって」

ごまかさずに話したのは、きっと彼に意識してもらいたかったから。今日のデートの間中、心のどこかで彼のキスを待っていた。

櫂は驚いたように目を見開く。それから、ゴクリと喉を鳴らした。

「なるほど。このチョコで俺とのキスを思い出してくれたわけか」

クスリと口元を緩めて、櫂は白ワインの入ったグラスを指先でつまむ。ひと口飲んだかと思いきや、彼はふいに咲穂に腕を伸ばす。

後頭部をホールドされて、唇が重なる。冷たい液体が喉を流れて、マスカットに似た爽やかな香りが鼻を抜ける。

(く、口移し⁉)

初心な咲穂には刺激が強すぎた。頭がクラクラしてなにも考えられなくなる。

「これで、咲穂はワインを飲むときにも俺を思い出す」

その強気な笑みに、心臓をわしづかみにされた気がした。

(あぁ、もう。どうしようもなくこの人が好きだ。櫂さんが欲しいし、欲しいと思ってもらいたい)

その思いが伝わったのだろうか。彼の両手が咲穂の頬を包み、おでこがコツンとぶつかる。

「――咲穂」

白ワインの香りがするキスは、甘くて濃厚で……大人の味。

唇を割って侵入してきた舌が縦横無尽に咲穂の口内を撫で回す。息もできないほどの熱いキスに、頭の芯がとろけていく。

これまでのキスとは、あきらかに種類が違う。その先を予感させる口づけだった。

「はぁ、櫂さん。ここ、お店……」

個室とはいえ、まずいのではないだろうか。けれど彼のキスはやまない。

「大丈夫。ここは多分〝そういうこと〟に寛容な店だから」

「――んっ」

からめとられて、強く吸われて、全身が痺《しび》れるよう。櫂の手が咲穂の膝をタッチする。そのまま太ももを撫でるようにスカートをたくしあげた。

食べられてしまいそうな激しいキス、覆いかぶさってくる彼の重み、咲穂にとってはなにもかもが初めてで……どうしていいのかわからなくなる。

「咲穂。このまま――」

吐息交じりに吐き出される櫂の熱情。咲穂はビクリと肩を揺らした。緊張と高揚で瞳の奥が熱い。

（この先。想像するだけで頭が爆発しそうだけど、でも……櫂さんに抱かれてみたい）

一度も経験などないくせに、はっきりとそう感じた。

「か、いさん。お願い……私を……」

だが、か細く震える咲穂の声は彼の言葉にかき消される。

「なんてな。冗談だ」

急に、櫂はスッと身体を離した。

「え、あ、あの……」

決死の覚悟が空振りして、咲穂は困惑する。

(え、どうして？　私がムードを壊しちゃったのかな)

考えてみたけれど、そもそも経験がないので、こういう場面の正解も不正解も咲穂は知らない。

「櫂さん、私は本当に……」

抱いてほしいと、正直に伝えればいいのかもしれない。でも、うまく言葉にできずモゴモゴと言葉をにごすばかり。

「冗談だって言っただろ。本気にするな」

櫂はすっかり冷めていて、さっきまでの空気は夢だったのじゃないかと思えるほど。

咲穂は無性に恥ずかしくなって、バッと顔を背けた。

(あれ。もしかして、求められているなんて……私の勘違いだったの？)

自分の欲望がおかしなフィルターとなって、彼を見ていたのだろうか。違うと思いたいけれど、彼に拒まれたという事実は変えようもない。

「そろそろ帰ろうか」

「──はい」

そう答えるしかなかった。たった今、一生ぶんと思えるほどの勇気を振り絞ってしまったから、もうこれ以上は無理だ。


翌日。広報チームに置かれている自分のデスクで、咲穂は電話をしていた。

「いただいたメイクプラン、ばっちりでした！」

『そう？　よかった』

社用スマホから届くのは、悠哉のホッとしたような声。

人気タレントを起用した、リベタスのメインＣＭ。近づく撮影日に向けて、当日のメイクを担当する悠哉と最終確認を行っているところだ。

（七森さんがメイクする蓮見さんと冬那さん……絶対に素敵だろうなぁ）

「それじゃあ、撮影当日もよろしくお願いします」

電話を切った咲穂は、経理部に書類を届けるために席を離れる。デスクに向かっているときは仕事モードでいられるけれど、気を抜くとふいにゆうべの出来事が蘇ってきてしまう。

(――あぁ。時を戻せるなら、昨日に戻って終盤だけやり直したい)

そうしたら、楽しいデートのまま終わりにするのに。ひとりよがりに突っ走った自分が恥ずかしいし、なにより……櫂に受け入れてもらえなかった事実が痛かった。

(あれってつまり、私じゃその気になれなかったってこと？　それとも、やっぱり〝契約違反〟は面倒になると考え直した？)

どちらにしても、櫂の気持ちは咲穂と同じ方向を向いてはいないということだろう。

「はぁ」

思わず、重いため息が落ちる。

(でも、考えようによってはよかったのかも。抱かれてしまったら、私もっともっと櫂さんを好きになってしまうもの)

少し近づけたような気になっていたけど、本当の意味でのハッピーエンドなんて、きっとありえない。この辺りでストップをかけておくのが、自分のためかもしれない。

(ゆうべの櫂さんの態度も、そういう意味だったのかな？)

結局、自分たちはビジネス夫婦で終わる運命なのだろうか。

経理部からの帰り道。すっかり落ち込んで、うつむきがちに歩いていると、ワインレッドのパンプスが視界に映った。

「こんにちは、咲穂さん」

かけられた声に顔をあげれば、そこに梨花がいた。オフホワイトのスーツに身を包んだ社内一の美女は、今日もあでやかだ。

「――梨花さん、おつかれさまです」

潤の妻である彼女。塔子にべったりで、咲穂のことは最初からずっと敵視している。楽しい話をしに来てくれたとは思えなくて、咲穂は警戒の気持ちを強めた。

「ちょっと、いいかしら?」

廊下の奥にある、給湯スペースに誘導される。

「リベタスのCM、すごく評判がいいようね。咲穂さんが綺麗って声も、多いと聞いたわ」

好意的な台詞とは裏腹に、梨花の目はものすごく険しい。彼女の内心の焦りとイラ立ちが伝わってくるようだ。

「ありがとうございます。すべて美津谷CEOの功績ですが……」

咲穂の言葉を彼女はフンと鼻で笑った。

「まぁ、一丁前に妻気取り？」

胸の前で腕を組み、ハイヒールをカツンと鳴らして咲穂との距離を詰める。

「身の程をわきまえろと助言してあげたこと、もう忘れちゃったのかしら。櫂さんが本当に自分のことを好きだとでも思っているの？」

いつもの咲穂なら、この程度の意地悪は軽く流せたと思う。でも、ゆうべのことがあるから、梨花の言葉がグサリと刺さる。

（梨花さんは私を挑発したいだけ。それにのったら、ダメよ）

「……ご忠告ありがとうございます」

毅然と告げたかったのに、強がっているのがバレバレの声が出てしまった。梨花はものすごく嬉しそうに、なおも言葉を重ねる。

「お義母さまが言っていたわ。櫂さんはリベタス発売前の話題づくりに結婚しただけだろうって。簡単に落とせて、都合よく扱える女。そういう相手を探して、ちょうどよかったのがあなただったんじゃない？」

咲穂はギクリとした。双方合意のうえでのビジネス婚。そこまでは見抜かれていないようだが、塔子の推測はかなり真実に近いところを言い当てている。

「このままじゃ咲穂さんがかわいそうだから、教えてあげましょうか」

梨花の声はいやに甘ったるく、絡みつくようだ。

「櫂さんには〝忘れられない本命〟がいるのよ」

聞く必要なんてない。すぐにこの場を立ち去るべきだとわかっているのに、咲穂は一歩も動けず梨花の声を拾ってしまう。

「ほら、この人」

梨花はスマホを操作して、誰かの写真を咲穂に見せつけた。藤色の着物姿の清楚な女性が、大きな日本画の前でほほ笑んでいる。

「日本画家の滝川翠《たきがわすい》さん。『滝川商事』のご令嬢にして、海外でも評価されている新進気鋭の画家よ。幼い頃からの櫂さんの許婚だったんだけど、櫂さんが振られてしまったらしいわ」

（櫂さんに許婚？）

美津谷家ほどの家ならば、そういう存在がいたとしても不思議はない。櫂は大人の男性なのだから、色々な過去があるのは当然のこと。頭ではそう理解できるのに、心は情けないほどにかき乱される。

（そんな話、櫂さんからは一度も聞いたことがない。たまたま？　それとも私には話したくなかった？）

自分は彼のことをなにも知らないのだと、つくづく思い知る。

「櫂さん、ああ見えて一途なのよね。『翠を忘れられないから』と言い寄る女性をお断りしているところ、私も見たことがあるわ」

『翠を忘れられないから』

頭のなかで、櫂の声が流れた。モヤモヤした暗い感情に心を支配されそうになる。

(落ち着いて。梨花さんの話がすべて真実とはかぎらない。彼女はただ、私に意地悪をしたいだけなのかも……)

咲穂の思考を見抜いたように、梨花がクスリとする。

「もしかして疑ってる？　ふたりが許婚だったことは、調べればなにかしら記事が出てくると思うわよ。破局した当時の櫂さんは今ほど著名ではなかったから、あなたとの結婚のような騒ぎにはなっていなかったようだけど」

梨花の表情は自信に満ちていて、許婚の件は真っ赤な嘘ではないのだろうと推測できた。

(櫂さんは今でもその女性を忘れていない……それも本当のことなの？)

ダメ押しのように彼女が続ける。

「櫂さんが振られたって話も事実よ。気になるなら、潤に聞いてみたら？　彼も翠さんのことは知っているはずだから」

　ふと、潤から聞いた話を思い出す。

『兄貴が昔好きだった女もそういえば日本人だしな。大和撫子が好みなのかも』

　法事の席で少しお喋りをしたとき、彼はそんなふうに言っていた。

（大和撫子……）

　梨花のスマホに映る彼女は、まさしく大和撫子を絵に描いたような女性だった。

（許婚だった彼女を、櫂さんは愛していた……もしかしたら今も？）

「これでわかったでしょう。彼はあなたを愛してなんかいないわ」

　勝ち誇ったように、梨花はほほ笑む。それから、急に顔をゆがめて咲穂への憎悪をあらわにした。

「だから、これ以上調子にのって〝美津谷の後継者の妻です〟って顔をするの、やめてくれるかしら？　不愉快なの」

　長い髪をなびかせて彼女はくるりと踵を返す。コツコツという足音が遠ざかっていくのを咲穂は呆然と聞いていた。


　帰宅した咲穂はリビングでノート型のＰＣを開いていた。画面を見つめ、下唇を噛む。調べないほうがいいと頭の片隅でわかっていたのに【滝川翠】を検索してしまった。

梨花の言ったとおり、彼女は日本画の世界では著名なようで、あちこちの美術系サイトで経歴が紹介されていた。

年齢は櫂と同じ三十一歳、旧財閥系の滝川商事の社長令嬢。画家としての才能も早くに花開き、今や世界中で個展を開けるほどの実力だそうだ。現在はフランスで暮らしているらしい。

画面をスクロールすると、彼女のインタビュー記事のようなものが出てきた。

【私は芸術と結婚したので、生涯伴侶をつくるつもりはありません】

そんな見出しがついた記事を咲穂は目で追う。

許婚がいたが、人生のすべてを日本画に捧げようと決めて結婚は断念した、というような内容が彼女の言葉でつづられている。

下世話なニュースサイトなどでは、その許婚が美津谷櫂であることは周知の事実として語られていた。

(ネットの情報を鵜呑《うの》みにはできないけど、梨花さんの話のとおりだ)

芸術の素養などまったくない咲穂でも、彼女の絵には心惹かれた。

（素晴らしい才能があって……そのうえ信じられないくらいに綺麗な人）

耀の隣に並ぶ女性として、彼女以上にふさわしい人などいないように思えた。

（ゆうべ、耀さんは私を抱こうとして彼女を思い出したのかな。それで、あまりの違いにがっかりしたとか……）

自分の卑屈な想像に、胸がズキンと痛んだ。

もし耀が今でも彼女を思っていたとしても、咲穂にはどうすることもできない。自分と彼は、恋愛感情を抜きにしたビジネス婚として関係を始めたのだ。

かつて婚約者がいたこと、今も彼女を思っていること。話してほしかったと、泣く権利すら自分にはない。耀が自分を愛してはくれない事実を、ただ受け入れるしかないのだ。


夜十時過ぎ。お風呂を終えた咲穂が冷蔵庫からミネラルウォーターを取り出したところで、耀が帰宅した。

「あ、おかえりさない」

どんなに顔を合わせたくないと思う日でも、耀に『おかえりさない』だけは必ず言おうと決めていた。それは、自分が彼に与えられる唯一のものだから。

装った。

耀はなにも悪くない、だから普通にしなければ。咲穂は必死になんでもない顔を
「ただいま」

「遅かったですね、おつかれさまです」

「あぁ、なんだかバタバタしていて」

疲れているのだろう。自身の肩を揉みながら彼はそう答えた。

「明日もちょっと……今日より遅くなるかもしれない」

「了解です。お仕事、忙しそうですね」

「そうだな。明日はプライベートの用もあって。俺のことは気にせず、先に休んでいてくれ」

「はい」

ゆうべ、微妙な空気のままデートが終わったせいだろうか。耀もどことなく気まずそうな顔をしている。空気に耐えかねて、咲穂は「おやすみなさい」と逃げるように部屋を出た。


翌日の昼休憩。自分のデスクでランチをとっている咲穂のもとに、また梨花がやっ

てきた。ただの嫌がらせなのか、なにかたくらんでいるのか。彼女の目的がはっきりしないのが不気味だ。

「今度はなんの用でしょうか？」

そんなつもりはなかったが、咲穂の声は冷たく響いた。

「ふふ、そんなに嫌そうな顔をしないで。咲穂さん、昨日の私の話を疑っていたみたいだから……」

梨花は楽しそうにクスクスと笑いながら、咲穂のデスクの上にリーフレットのようなものを置いた。

「なんでしょうか、これ」

「昨日の話が本当だっていう証拠を見せてあげようと思って」

咲穂はそれを手に取り、眺める。六本木《ろっぽんぎ》にあるギャラリーで開かれる個展の案内のようだ。開催日程は今日からの三日間。画家の名前は……滝川翠。

「彼女、その個展のために今は日本にいるみたい。それでね」

続きを聞く前から、彼女がなにを言おうとしているのか、なんとなくわかってしまった。

『明日はプライベートの用もあって』

ゆうべの櫂の言葉が耳に蘇る。

（もしかして……）

「櫂さん、初日の今日、そこに行くそうよ。秘書室の前で大川さんと話をしているのを聞いたから間違いないわ」

想像したとおりの台詞を梨花が言った。

大川は櫂の秘書を務めている男性だ。彼と同じ、秘書室勤務の梨花が近くにいたとしても、おかしなことではない。

「多忙な櫂さんがわざわざ初日に顔を出すってだけで十分な証拠になると思うけど……せっかくだから、あなたも行ってみたら？」

「――結構です」

咲穂はリーフレットを突き返す。だが、梨花は受け取らない。

「そんなこと言わずに。ふたりが一緒にいるところを見たら、きっと理解できるはずよ。自分がいかに、彼にふさわしくないかをね」

どうして、梨花にここまで言われなくてはいけないのだろうか。さすがに咲穂も腹を立てて、キッと彼女をにらみ返す。

「梨花さんはなにが目的なんですか？　こんな話をして、私に身を引けと言いたいのでしょうか。でも、それであなたはなにを得るんでしょう?」

梨花の嫌がらせは、なんだか回りくどく感じる。おそらく、彼女の目的は夫である潤を美津谷の後継者にすること。だから櫂の足を引っ張りたいのだろう。

(でも、私へのこれはなんの意味があるの?)

どこか無邪気に、彼女は小首をかしげてみせた。

「だって……私より格下の女がおいしい思いをしてるなんて許せないんだもの」

綺麗なバラ色の唇がとんでもなく醜悪にゆがむ。

当然のように言い放った彼女に、咲穂は頭がクラクラするのを感じた。

世の中には合理的な理由もなく、ただ気に食わないというだけで人を不幸にしたがる人間が存在するのか。

「それに、私にメリットがないってわけでも……」

「え?」

「いいえ、こっちの話。まぁ、個展に行くかどうかはあなたの自由だけど……言いたかったのは、私の話は嘘じゃないのよってこと」

昨日と同じように、カツカツとヒールを鳴らして彼女は去っていった。

「行かない。行くわけないじゃない」

咲穂はそうつぶやいて、梨花の残していったリーフレットをデスクの奥にしまった。

自分が衝動的に六本木に向かってしまわないか、ほんの少し心配だったけれど、それどころではない状況になった。リベタスの仕事に想定外のトラブルが発生したのだ。

「えぇ、冬那さんが怪我⁉」

「そうなのよ。映画の撮影中に、ちょっと事故があったみたいで……」

そう説明する理沙子も、聞いている咲穂もすっかり青ざめている。

「それで、彼女は大丈夫なんですか？」

「入院するような大怪我ではないわ。でも困ったことに……右の頬に大きな青痣《あおあざ》ができてしまったそうなのよ」

「顔に痣……じゃあ来週の撮影は延期ですか？」

今どきは多少の画像加工は可能だけれど、やはりどこか不自然になるし、なによりせっかくの七森悠哉のメイクが台無しになってしまう。

「冬那さんの事務所はそれを希望しているんだけど、蓮見さん側のスケジュールがNGで。現場で、なんとか痣を映さないように調整できないかって……」

「えぇ⁉　エキストラならともかく、彼女はメインモデルですよ」

絵コンテもメイクプランも、すべて見直す必要が出てきてしまう。

「でも蓮見さん、来週の撮影のあとは三か月の海外ロケなんですって。だから撮影日は絶対に動かせないのよ」

痣を映さないようにうまく調整する方向で動けというのが上層部の指示のようだ。プロジェクトのトップである櫂も了承しているそう。

咲穂は慌てて関係各所に事情を説明し、協力を仰ぐ。誰も悪くない不慮の事故が原因なので、みんなどうにかしようと必死に動いてくれた。

「最後は七森さんね」

正直、もっとも迷惑をかけることになるのは彼かもしれない。時間をかけて計算し尽くしたメイクプランを急に変更、それも冬那は横顔しか使えなくなるのだから。

咲穂が電話をかけると、彼は『電話じゃまどろっこしいから、今日の仕事を終えたらそっちに行くよ。直接話そう』と言ってくれた。

あちこちとの調整にバタバタしていると、あっという間に夕方になった。

午後五時、咲穂が予約していた会議室に悠哉が駆け込んでくる。

「七森さん。このたびはご迷惑をおかけして申し訳ありませんでした」

咲穂が頭をさげると、彼は優しい声をかけてくれた。

「君が謝ることじゃない。この業界、こういうトラブルはつきものだし、慣れてるから大丈夫だよ。もとの案よりいいもの作ってあげるから、安心して」

自信に満ちた表情の悠哉が、今の咲穂には救世主に見えた。

ふたりは早速メイクプランの見直しを始める。

「たった今、絵コンテの修正案が届いたところです」

「了解。見てもいい？」

打ち合わせの内容はタブレットを使って上司の理沙子や関係先にも共有して、どんどん話を詰めていく。

夜九時半。ようやく全員が「完璧」と太鼓判を押すプランができあがった。

「よ、よかった〜。うちの上層部の判断は明日になってしまいますが、コンセプトは変わっていないし、これならOKをもらえると思います」

「ほかのお偉方のセンスは僕にはわからないけど、櫂はきっと気に入ると思うな。これは間違いなくあいつの好みだ」

親友の悠哉がそう言うなら、安心だ。

咲穂は給湯室でコーヒーを入れて、悠哉のもとへ戻る。

「本当にありがとうございました。すべて、七森さんのおかげです！」

彼の前にカップを置き、自分も隣に腰をおろした。

「ひと仕事終えたあとのコーヒーってうまいよね」

カップを口元に運ぶ悠哉の横顔を盗み見る。あいかわらずの美貌だけれど、今日は目元の辺りに疲れが色濃くにじんでいた。

「……七森さん、ご自分のメイクブックの撮影も大詰めで忙しい時期ですよね。それを知りながら、こちらの無理を通してしまって……」

彼がここに来たときから、疲れているんだなと気づいてはいたのだ。でも、リベタスのために見て見ぬふりを決め込んでしまった。今さらの謝罪は偽善でしかないと思いつつも、咲穂は「すみませんでした」とつぶやく。

「うん。実は昨日もほぼ徹夜で……だから、めちゃくちゃ眠くてもう限界かも」

言って、彼はぽすりと咲穂の肩に頭をうずめた。色っぽい雰囲気はまったくなく、動物が気まぐれに懐いてきたような感じではあるものの……咲穂は思いきり動揺してしまう。

「な、七森さん⁉」

「僕はワガママな人間なんだ。パーソナルスペースに踏み込まれるのを嫌うくせに、どこかで誰かに理解されたいと思ってる」

上目遣いに咲穂を見て、彼はとろけるように甘い笑みを浮かべた。

「咲穂ちゃん、いい感じに僕のツボを突いてくるんだよねぇ」

「あ、でも、その」

どう答えていいかわからない。そんな咲穂の困惑を察したのか、悠哉はスッと頭をもとに戻した。

「このくらいにしておかないと、櫂に怒られるか。咲穂ちゃんは……櫂の奥さんだもんね」

『櫂の奥さん』

その部分だけ妙に意味ありげに響いた。それから、悠哉はなにか思いついたようにポンと手を叩く。

「ていうかさ、櫂なら明日と言わず今から呼び出して、新プランを確認してもらったら？　夫婦なんだから遠慮することないでしょう」

悠哉のそれは正論だが……咲穂はためらってしまった。

（櫂さん、今日は滝川翠さんの個展に行ってたんだよね？　もしまだ彼女と一緒にいたりしたら……）

着物姿の大和撫子と櫂が並んでいるところを想像しただけで、胸がギュッとなる。

「あ、あの。七森さんは滝川翠さんって画家の女性をご存じですか？」

咲穂は心のどこかで、許婚の話自体が誤解であることを期待していたのかもしれない。情報源は梨花とネットの噂だけだったから。でも、気まずそうに視線をそらした悠哉の表情で、誤解ではないことがわかってしまった。

「うん、まぁ。櫂の許婚だった女性だね」

想像どおりの言葉、だけど想像以上の鋭さで咲穂の胸をえぐった。

「わざわざ僕に聞くってことは、櫂は彼女のことを咲穂ちゃんにきちんと説明していないってこと？」

探るような視線が咲穂に刺さる。

「く、詳しいことは……」

本当はひとつも聞いていない。けれどそれを言ったら、悠哉はなにも教えてくれなくなると思って卑怯な嘘をついた。

「そうか。まぁ奥さんとしては、そりゃ気になるよね。けど、あのふたりが関係を解消したのって……たしか十年以上前だよ」

咲穂を安心させるように、彼は優しく目を細めた。

「あまりに昔のことだから、櫂も話す必要ないと思ったんじゃないかな？」

（本当にそれだけ？　許婚を解消してからもずっと好きだったんじゃないのかな。もしかしたら、今も彼女と一緒に……）

不安と動揺が顔に出てしまいそうになって、咲穂は慌ててブンブンと頭を振る。

「そ、そうですよね。ほんの少し気になっただけで、深い意味はないんです」

「……咲穂ちゃんは嘘が下手だね」

静かに落ちてきた悠哉の声に、咲穂は弾かれたように顔をあげる。

「ほら。不安でたまらないって顔してる」

彼のヘーゼルの瞳は、まるですべてを見通しているみたいに静かだ。

「最近の話ならともかく、ずっと昔の許婚。どうしてそんなに心配する必要があるの？」

悠哉の口調は穏やかなのに、どうしてか、咲穂は追いつめられた犯人みたいな気分になる。

「咲穂ちゃん、ひとつ聞いてもいい？」

心臓が不穏な音を立てる。

「君と櫂は、本当に愛し合って結婚した？」

とうとう、彼は核心に触れた。

（どうしよう。なんて答えたら……誰にもバレたらいけないのに）

「あ……」

声がかすれて、音にならない。

「実は僕、見てたんだ。ふたりが共演するCM撮影の日、咲穂ちゃんが櫂の名前を呼ぶ練習をしているところ」

あの日の自分の行動を思い出し、咲穂の顔から血の気が引く。

たしかに、メイクルームに入る前に『櫂さん』と呼ぶ練習をした。あの頃の咲穂は、まだ彼を『CEO』と呼んでしまうことが多かったから。

（あの場面を七森さんに目撃されていたなんて）

「別にあのときは、とくに気にも留めなかった。名前で呼ぶことにしたのかな？　ほほ笑ましいなって思っただけで。でも、仕事で君たちと過ごすうちにちょっとずつ違和感を覚えて……」

彼はクスリとして続ける。

「櫂の態度がね、奥さんに対するものとは思えなかったんだよ。君たちの結婚にはなにかあるなと感じた」

悠哉は櫂の幼なじみで、彼の性格、思考回路を誰よりもよく知っている。櫂がなにを考え、どう動いたのか、きっと想像したのだろう。

「ふたり、結婚を発表する直前に週刊誌の記者に撮られていたよね。もしかして、櫂はそれで咲穂ちゃんとの結婚を決意したんじゃないか？　自分のスキャンダルがリベタスの邪魔をしないように」

ぐうの音《ね》も出ない、見事な推理。

「えっと、その」

どうにか弁解しようと必死な咲穂の顔を見て、彼はふっと薄く笑む。

「やっぱり、咲穂ちゃんは嘘が下手だ」

(ダメだ。全部バレてる)

悠哉はすべてを見抜いている。ここからごまかすのは不可能に近いだろう。

「お願いします、誰にも言わないでください！」

咲穂は口止めするという方向に作戦を切り替えた。以前、櫂は『悠哉にだけは話してもいいんだが』と言っていた。ならば、彼にはすべて打ち明けて協力してもらうのがベターだろう。

「事情が……あったんです」

自分たちのビジネス婚は決して櫂の自己保身のためではなく、咲穂にも実家救済というメリットがあったことなどを説明する。

話を聞き終えた悠哉は小さくうなずく。

「心配しなくても、誰にも言わないよ。まぁ多少、思うところはあるけどね」

悠哉は飲み干したコーヒーのカップを、トンとテーブルの上に置いた。

「そろそろ帰ろう――」

そう言いかけて、彼はふと後ろを振り返った。なにかを探すようにキョロキョロしている。

「どうかしましたか？」

「物音が聞こえた気がしたんだけど……気のせいかな」

彼の言葉に咲穂も周囲を見回すが、とくに異変はない。

「もう遅いから、社員は残っていないと思いますけど……」

「だよね」

ビル内空調の作動音かなにかだったのかもしれない。ふたりはそう結論づけて、帰り支度を始める。

「もう遅いから駅まで送るよ」

「ありがとうございます」

本社ビルの正面入口は閉まっている時間なので、悠哉と一緒に裏口から外に出た。

今夜の月は大きくて、すごく綺麗で……その月明かりを背負った彼が咲穂に笑いかける。

「ねぇ、咲穂ちゃん」

「は、はい」

「もし、どうしてもつらいことがあったら……そのときは僕のところにおいで」

「え？　それはどういう……」

「そのまんまの意味だよ」

悠哉は意味深に笑うだけで、それ以上はなにも言わなかった。

六章　誰にも譲れない

『その、櫂さんと初めてキスしたとき……苺チョコの香りがしたなって』

一昨日のデート。あの軽薄な雰囲気のバーで、咲穂がその台詞を口にしたとき、櫂は自分の理性の糸がプツンと切れる音を聞いた。

（だって、かわいすぎるだろう。なんなんだ、あの生きものは⁉）

こんなにも愛おしいと思える相手ができるなんて、考えたこともなかった。咲穂に出会う前は、恋愛感情は自分には理解不能なものだと諦めていたくらいなのに。

あの夜、咲穂のこぼす甘い吐息に煽られて櫂はどんどん狂暴になっていった。

そういうムードをつくりあげ、丸め込んで、咲穂を自分のものにしようとした。

（思考回路が完全に犯罪者のソレじゃないか）

執務室のデスクに肘をつき、組んだ両手の上に額をのせて櫂は重いため息をつく。

そもそも最初から、自分は卑怯な打算をしていた気がする。映画館でカップルシートを選んだのも、咲穂に意識させたかったからだ。

（契約違反、それはわかっているんだ）

けれど……走り出したこの気持ちはもう止めることなどできない。彼女を振り向かせたいという願いは強くなるばかり。

自分たちは普通の恋愛を経ているわけじゃないから、焦らず彼女の気持ちが育つのを待とう。そう思っていたはずなのに、いつの間にか……キスより先に進みたくて、咲穂のすべてが欲しくて、どうにもならなくなっていた。

耀の劣情まみれの口づけに、ギュッとこわばり震え出した彼女の身体。その瞳ににじむ涙を見てようやく、我に返ることができた。いくらなんでも強引すぎたし、そもそも緩そうな店ではあったが、あそこはホテルでもなんでもない。自分のけだものぶりに、我ながら呆れる。

(ちゃんと、大事にしたいと思っているのに)

理性と本能のコントロールがうまくいかない。こんな経験は初めてだ。

「とにかく、あらためて仕切り直そう」

そうつぶやいて、耀は仕事へと意識を向け直す。

昼の二時過ぎ。秘書の大川を通じて、リベタス広報チームのチーフである理沙子から『直接、話をさせてほしい』との申し入れがあった。耀が構わないと伝えると、彼女はすぐにやってきた。

「急にお時間をちょうだいしてしまって、申し訳ございません」

「構わない。なにがあった？」

彼女の様子から、トラブルでもあったのだろうという推測は立てられた。聞けば、メインCMでモデルを務める冬那が顔に怪我をしたとのことだった。

「撮影日の変更は難しいため、怪我が映らない方向で撮れないかと動いております」

彼女の説明はすべて納得できるものだった。櫂は大まかな方針にのみ指示を出し、具体的な調整は広報チームに一任すると彼女に伝えた。咲穂をはじめチームメンバーは全員、もう櫂の譲れない理念を十分に理解してくれているし、任せても問題ないと判断した。

「電話はいつでも受けられるようにしておくから、難しい問題が発生したら遠慮せず連絡してくれ」

「ありがとうございます！」

頭をさげてから、彼女は部屋を出ていった。

モデルが顔に怪我。なかなかの困難に見舞われたが、不思議と心配はしていない。悠哉がトラブルに強いタイプであることはよく知っているし、なにより咲穂がいるから大丈夫だと信じられた。

「とはいえ、様子を見に顔を出すくらいはしたほうがいいだろうな」

手帳を開きながら、櫂はスケジュールの空き時間を探す。このあとはすぐ会議だし、その後もみっちりと詰まっている。

(翠の個展をキャンセル……いや、これも外せない用件だな)

一時間の予定にしていたが、できるだけ早く切りあげてリベタスチームの状況を確認しに行こう。そう決めて、櫂は次の会議のために席を立った。

夕方五時。車で個展が開かれている六本木のギャラリーへと向かう。運転は運転手に任せているので、櫂は後部座席でひと息ついた。

(翠に会うのは、いつぶりだ？　十年以上前か？)

滝川翠、かつて櫂の許婚だった女性だ。といっても、学友だった父親同士が勝手に決めたこと。たまたま同じ年に子どもが生まれ、それが男と女だったからと盛りあがり許婚にしたのだ。

翠は日本画にしか興味を抱かず、寝食忘れて、ひたすらに絵を描き続けるような生活を送っている人間。財界のパーティーなどで年に一度くらいは顔を合わせる機会もあったのだが、互いに恋愛感情はかけらも芽生えなかった。ハイティーンになる頃には当人同士で『許婚の話はなかったことにしよう』と意見が一致し、親にも伝えた。

だが、正式な結納を交わしているわけでもなかったので世間に向けての報告はしなかった。もしかしたら、父親たちの間に〝いつか気が変わって復縁するかも〟という程度の期待はあったのかもしれない。

ところが二十歳を過ぎた頃に突然、翠が世間に向けて破局を公にしたいと言い出した。その理由は、なんとも彼女らしいものだった。

当時の櫂はすでに米国にいて、正直翠のことなど忘れかけていた。彼女はいきなり訪ねてきて、こう言ったのだ。

『芸術家にはね、物語が必要なのよ』

画家が評価されるためには、作品そのものだけでなく本人の人生も重要である。というのはよく聞く話だ。狂気性が作品にすごみを与えたゴッホ、その悲劇の生涯ゆえに価値を高めたモディリアーニ、人生がわからないからこそ人々の興味をかき立てるバンクシー。彼女も、そういう〝なにか〟を欲していた。

『若く美しい女が結婚っていう幸福を捨てて、芸術にその身を捧げるの。どう、悪くないでしょう？』

つまり、夢のために櫂を捨てたという物語を自身の付加価値にすると決めたらしい。

『……俺にはなんのメリットもない話だな』

呆れる櫂に彼女はどこまでも無邪気に笑った。

『でもデメリットもないわよね。あなたは私に振られた程度でモテなくなることもないでしょうし。むしろ、面倒な女避けにちょうどいいストーリーだと思わない？』

翠の提案する櫂のメリットはこうだ。

『滝川商事の社長令嬢にして、これだけの美女。そんな私に振られて傷心ってことにしておけば、どんな女も尻尾をまいて逃げていくわよ』

『まぁ、たしかに』

この頃の櫂は、はいて捨てるほどに寄ってくる玉の輿狙いの女性たちに少々うんざりしていた。

『じゃ、決まりね』

このような経緯で、ふたりの許婚解消は世間に公表されることになった。そのあとすぐに彼女は渡仏。櫂が協力した物語がどれだけ貢献したかは知らないが、一定の成功をおさめたようだ。

そして、彼女のくれた策は意外と櫂の役に立ってくれた。

『翠を忘れられないから』

櫂が考えていた以上に、滝川翠の名前の威力は抜群だったのだ。双方に利益のある、いい破局だったといえるだろう。

今回の個展、連絡をくれたのは彼女のほうで、櫂は『行くよ』と即答した。だが、互いに再会を懐かしみたいわけではない。

とある目的のために、櫂は彼女に会いに行く。


「まぁ、お久しぶり」

ギャラリーの入口で、あでやかな牡丹《ぼたん》色の和服に身を包んだ翠が出迎えてくれる。抜けるような白い肌に大きな黒い瞳、美人なのは間違いないだろう。楚々とした立ち居振る舞いも、大和撫子そのものだ。けれど、彼女のこれは日本画家、滝川翠の商品価値を高めるためだけにしていること。

面倒な財界のパーティーに顔を出すのも『パトロンを見つけるためと思えば、安いものよ』と断言していたくらいだから。

「元気そうだな。絵も順調のようだし」

「ええ、おかげさまで」

そこで彼女は言葉を止め、なにか考え込む顔つきになる。

「ところで、美津谷のお坊ちゃん。あなたの下の名前……なんだったかしら？」

（あいかわらず……だな）

「絵を描かない人の顔と名前はなかなか覚えられないのよ。私の脳は先に絵を認識して、それに紐《ひも》づけて人を記憶する仕組みになっているから」

悪びれるふうもなく、まるで絵を描かない櫂側に非があるかのような口ぶりだ。なんとも彼女らしくて、苦笑するしかない。

「美津谷……太郎《たろう》さん？　違った、一郎《いちろう》さんだったかしら？」

「残念ながら、ひと文字も合っていない。まぁ俺の名前なんかどうでもいい。それより例の件なんだが――」

思っていた以上にいい話が聞けて、わざわざ時間をつくってここに来た甲斐《かい》はあった。その後はきちんと個展を見て、予定どおり三十分ほどで櫂はギャラリーを出る。

「このあとは本社に戻る予定でよろしいでしょうか？」

車に乗り込んだ櫂に運転手がそう声をかける。

「あぁ、帰宅はタクシーでも使うから。本社に着いたら、君はあがってくれ」

今日はずいぶんと働いてもらったので、これ以上は申し訳ないと思った。

「ありがとうございます」

彼は軽く頭をさげてから、静かに車を発進させた。

(戻ったら、あっちの案件を片づけて……いやその前にリベタスチームの様子を見に行くか)

頭のなかでこれからの予定を整理する。そのとき、胸ポケットに入れていた社用スマホが振動して着信を知らせた。

「あぁ、大川か」

電話をかけてきたのは秘書だった。用件は次の役員人事について。

「なに……どういうことだ⁉」

彼の話に、櫂の表情は険しくなる。

「今から社に戻るから。詳しい説明を頼む」

たった今、組み立てたスケジュールがすべて白紙になってしまった。今日、リベタスチームに顔を出すのは難しくなりそうだ。

自身の執務室に戻った櫂は、大川と人事部長から役員人事についての詳細な説明を受ける。

小一時間ほど話したあとで、ふたりを帰らせた。

「――はぁ」

ひとりきりになった部屋で、櫂は重いため息を落とす。内心のイラ立ちを落ち着けようと、指先でトントンとデスクを叩いた。

（リベタスが成功をおさめそうだから、あの人もかなり焦っているようだな）

あの人とは、もちろん自分を蛇蝎《だかつ》のごとく忌み嫌っている継母の塔子のことだ。

大川から聞いた新しい役員人事。重要なポジションは潤派の人間で固められており、櫂の味方をしてくれる人間は不当に遠ざけられている。

それに、このところ潤の妻である梨花がコソコソと櫂の周囲をかぎ回っているのも不愉快だった。おそらく塔子に命じられて、こちらの弱みでも握ろうとしているのだろう。

（競争相手をさげることに、いったいなんの意味があるんだ？　見かけだけ上になったところで所詮、自分の能力は変わりやしないだろうに）

塔子や梨花のやり方は、櫂にはまったく理解できない。

（潤でも、ほかの誰かでも、実力や成果で俺をこえる人間が出てきたなら、ＣＥＯの地位などいつでも譲ってやるんだがな）

仕事は好きだけれど、地位に執着はない。自分より優秀で、会社の業績を伸ばせる人間がいるなら喜んで席を明け渡すつもりだ。だが残念ながら、潤には自分と競い合う意思がない。

(あいつは、潤はきっと……)

塔子も梨花もわかっているくせに、見ないふりをしているのだ。その点に関しては、耀は彼を不憫《ふびん》だと思っている。兄としてなにもしてやれない無力さを感じてもいた。

(俺も潤も、いつまであの人に振り回され続けるんだろうか?)

塔子の存在は、いつも耀を苦しめる。自分だけならまだいいが、いつか咲穂をも毒牙にかけるのではないか。想像するだけで寒気がした。

(ビジネス婚ではなく、もう一度、本当の意味で咲穂にプロポーズをしたい。咲穂との幸せな未来のためにも、あの人と決着をつけなくては)

血の繋がりも愛情も、かけらもないが一応は家族だ。それゆえに白黒つける日を先延ばしにしてきたが、いいかげん覚悟を決めよう。耀は大きくひとつ、深呼吸をした。

塔子の思惑が反映された役員人事をどうひっくり返すか。知恵を絞り、あれこれ策を練っている間に、時計の針は夜十時を回った。

(あとは明日にするか)

昨今はワークライフバランスが重視される時代だ。昔のように徹夜で仕事は、トップの姿勢としてよろしくない。

帰り支度をして、櫂は執務室の電気を消した。

裏の通用口から外に出る。少し歩けば大通りなので、タクシーはすぐにつかまるだろう。

(リベタスチームもさすがに帰ったかな?)

連絡をしてみようかと咲穂の顔を思い浮かべたとき、視線の少し先に彼女がいることに気がついた。隣にいるのは悠哉だろう。声をかけるつもりで片手をあげたが、櫂はそこで動きを止めた。

悠哉がやけに真剣な顔で咲穂を見ているからだ。

(なにを話しているんだ?)

大事な撮影前にトラブルがあったのだから、ふたりが真剣に話し込んでいても不思議はない。わかっているのに、妙な胸騒ぎが櫂を焦らせる。

(仕事の話……じゃなさそうだな。悠哉のあんな表情は初めて見る)

彼は気安く他人を寄せつけないタイプの人間で、人付き合いには慎重なほうだ。

そんな彼が……咲穂には早い段階から心を開いていた。櫂がそうだったように、悠哉もまた咲穂の温かさに惹きつけられたのだろうか。クリエイティブな仕事をする者同士、わかり合える面もあるはずだ。

（もしかしたら咲穂も、俺といるときより自然体で過ごせるのかもしれない）

そう考えたとき、心臓が鈍い痛みを訴えた。

耀はくしゃりと自身の前髪を乱す。見苦しい嫉妬だと理解しながらも、心に黒いものが広がっていくのを抑えることができない。

（よりによって悠哉か。手強いライバルだな）

なにより……週刊誌の記者や厄介な親族に悩まされない、平穏な日常。耀が咲穂に与えてあげられないものを、悠哉なら与えることができる。その事実に耀の胸はジリジリと焦げついた。


その夜。同じくらいの時間に帰宅したので当然、彼女と顔を合わせることになった。

耀は燃えあがる嫉妬心を必死に隠して、なんでもない顔を装う。

「冬那の怪我の件は聞いた。大丈夫そうか？」

「はい。制作会社も七森さんも、早急に対応してくださったので」

彼女の口から悠哉の名が語られるだけで、胃がグッと重くなる。自分はいつから、こんなに嫉妬深くて情けない男になったのだろうか。

咲穂はものすごく言いづらそうな顔で、意を決したように口を開く。

「あの、櫂さん。七森さんのことで、ちょっとお伝えしたいことが……」

(どうしてそんな顔をする? まさか……)

櫂は思わず、身体ごと咲穂に背を向ける。

「え?」

悲しそうな咲穂の声が耳に届いたが、振り返ることはできなかった。最悪の台詞を聞くことになるかもしれない。それが恐ろしくてたまらなかったのだ。

「悪いが、急ぎで考えなければならない案件があって……またの機会にしてくれ」

櫂は例の役員人事の件、咲穂のほうは急遽プラン変更になったリベタスのCM撮影。ふたりとも仕事に忙殺されるはめになり、ろくに顔を合わせる機会もないまま一週間が過ぎていた。

役員人事はあきらかにおかしなものだったので白紙に戻し、もう一度検討し直した。塔子が烈火のごとく怒り狂っているようだが、あれを通すわけにはいかない。

リベタスのほうは、今日が蓮見リョウと冬那のCM撮影当日だ。

そして、今週の金曜日にはブランド発売記念パーティーも控えている。メディア各社や主要取引先、インフルエンサーなどと呼ばれる著名人も招待した華やかなものだ。

これが終われば、リベタスはもう二月の発売日を待つだけの状態になり、自分たちの仕事は一段落といえる。

（リベタスが発売日を迎えて落ち着いたら、咲穂の実家に遊びに行こうと話していたな）

　ふと、櫂の脳裏に咲穂の笑顔が浮かぶ。と同時に、自分にとって彼女がどういう存在なのかをはっきりと自覚した。

（俺にとって咲穂は唯一無二の女性だ。どうしても、手放すことなどできない）

　櫂は強い瞳で前を向く。きちんと咲穂と向き合ってこの気持ちを伝えようと決意した、そのときだった。

　コンコンと執務室の扉がノックされるのとほぼ同時に、秘書の大川が飛び込んでくる。櫂の「どうぞ」という言葉を待たずに入室してくるなど、真面目な彼にしては珍しい。よほど焦っているのだろう。

「なにかあったのか？」

「CEOの結婚の件で、また週刊誌が――」

　呼び出されたのは役員フロアにある会議室。潤派の役員連中がずらりと並び、真ん中に塔子がふんぞり返るように座っていた。まるで、櫂がひっくり返した役員人事への報復でもするかのようだ。

「どうしてあなたがこちらに？　経営には関わらないはずでは？」

静かな声で櫂は尋ねる。

塔子はＭＴＹジャパンの大株主であり、裏から役員たちを操ってはいるが、建前上は経営には関与していない。なのでこうやって、直接表に出てくることは珍しい。

（そっちも勝負に出たということか）

「そうね。でも、今回の件はＭＴＹジャパン社だけの問題じゃないの。美津谷家の名誉に関わることよ」

「わかりました。では、聞きましょう」

櫂は細く息を吐き、自分の席につく。

「また、週刊誌から連絡があったわ」

これ以上ないほどに嫌みっぽい口調で彼女は言う。塔子の秘書のように控えていた梨花が櫂のもとまで歩いてきて、印刷された記事のコピーを渡す。

「明日、発売予定だそうです」

梨花の口調は、歌うように楽しげだ。

咲穂と撮られたときもそうだったが、週刊誌というのはたいてい記事が出る直前に連絡をしてくる。「もう時間もないし、差し替えは無理ですよ」というポーズをとるためだろう。まぁ、事前報告がないケースもざらにあると聞くから、連絡してくるだけマシかもしれないが。

もったいぶった速度で、塔子が口を開く。

「うちの社員から匿名で告発があったそうよ。あなたの本性を暴露しますってね」

匿名の社員、確認するまでもなく塔子の差し金だろう。櫂は記事に目を走らせる。

【美津谷櫂、電撃結婚の真実！　愛のない偽装結婚か⁉】

見出しにはそんな文字が躍っている。櫂が結婚を決めたのは自身が主導する新ブランドドリベタスの話題づくりのため、新妻とは実態のない偽装夫婦。そんな内容がつづられている。

全体的に悪意に満ちてゆがめられてはいるが、櫂と咲穂しか知りえないはずの事実が一部、漏れているのも確かだった。

（これは……どういうことだ⁉）

櫂は眉根を寄せ、下唇を噛んだ。その焦りの表情を、塔子がせせら笑う。

「美津谷櫂の誠実なイメージは打算でつくりあげられたもの。本性は自身の成功のためなら、どんな手でも使う悪徳ＣＥＯ。社員がそう証言したそうよ」

役員たちも塔子に追従する。

「リベタス発売直前に、このイメージダウンは困りますね」

「いや、イメージ低下だけで済めばいいが……世間からリベタスの例のＣＭは詐欺だと、糾弾される可能性もあるんじゃないか？」

例のＣＭ、燿と咲穂が共演したプレＣＭのことを指しているのだろう。

「あぁ、たしかに。夫婦共演をアピールしたのに偽装結婚じゃ……世間は近頃、こういうのに厳しいですからなぁ」

困った、困ったと言うわりに、全員頬が緩んでいる。燿を蹴落とすチャンスを得て、嬉々としているのを隠せていない。

「まず……」

燿は冷静な声を出した。

「私と彼女は偽装結婚ではありません。正式に婚姻届を提出し、一緒に暮らしています」

結婚を決意するきっかけに打算があったこと、それは否定できない。だが、その後の関係を実態のない偽装夫婦と言われるのは心外だった。

彼女との暮らしは櫂が生まれて初めて手に入れた、温かい家庭そのものなのだから。

(なにより俺は……心から咲穂を愛している)

長い付き合いの親友に、どうしようもない嫉妬心を抱くほどに。

「次に、この記事は匿名の社員の証言だけで構成されています。証拠はいっさいなく、すべて憶測……という可能性も否定できないと思いますが」

堂々とした櫂の態度に、役員たちがわずかにひるむ。しかし、塔子だけは不敵にほほ笑んだ。

「そうね。たしかに、この週刊誌を相手に裁判でもした場合は……あなたが勝つと思うわ。でも重要なのは、世間がこの記事をどう見るか？でしょう」

ここぞとばかりに塔子は立ちあがり、鋭い目で櫂を見おろす。

「権力のあるＣＥＯの主張と、匿名で告発した人間の証言。世間はどちらを信じるかしら？」

櫂はグッと言葉に詰まった。これればかりは、塔子の言うとおりだからだ。

世間はきっと、この匿名の社員が正義のために行動したと思うだろう。この告発の裏にＭＴＹジャパン社の派閥争いが絡んでいるなどとは、誰も想像しないはずだ。

「真実はどうでもいいの。あなたと、どこの馬の骨ともわからない庶民の女の結婚が、美津谷の名に傷をつけた。私が問題にしているのは、その一点だけよ」

責任を取れ、潤に後継者の座を渡せ、そう言いたいのだろう。

ククッとおかしそうに笑って塔子は続けた。

「あの子もかわいそうにねぇ。関係者の目には、仕事のために身体を売った女と映るでしょうし……仕事を続けることすら難しくなるかもしれないわ」

咲穂側のメリット。実家の蔵元の件は、情報をつかめなかったのか、それともあえて伏せたのか、記事には記載されてない。

咲穂も仕事で名をあげるため利害が一致したのでは？という記者の推測が書かれているだけだ。たしかにこれでは、塔子の言うような見方をされて、咲穂もバッシングされるだろう。

(それだけは……絶対に避けなければ)

櫂は強く、こぶしを握った。

彼女の仕事への熱意と才能、そしてあの……花がほころぶような笑顔。

(俺のCEOの地位などどうでもいい。咲穂だけは、守りたい)

その瞳に強い光を宿して、櫂はスッと立ちあがった。

「少し時間をください。事態を収束させ、リベタスは必ず成功させてみせますので」

「ふぅん」

塔子と櫂の視線がぶつかり、バチバチと火花が散る。

「いいわ。その代わり、約束が果たせなかったときは責任を取ってもらうわよ」


その日の夕方、櫂は一本の電話を受けた。

『話したいことがあるんだけど、ちょっと出てこられない？』

悠哉だった。

いつもどおりの柔らかな声の奥に、強い覚悟のようなものが感じられる。

「あぁ、俺もお前と話したいと思ってたところだ」

本社ビルからほど近い、個室のあるホテルラウンジで彼と落ち合う。この場所を選んだのは、あまり人に聞かれたくない話になるだろうと予想がついたからだ。

「まず、CM撮影の件では色々と迷惑をかけて申し訳なかったな。ありがとう」

櫂は撮影に立ち会えなかったが、冬那の怪我をうまく隠して、いい映像が撮れたと報告を受けている。彼のおかげにほかならないだろう。

「あぁ、大丈夫。むしろ当初の案よりいい絵が撮れたから、期待しててよ」

自信たっぷりに彼はほほ笑む。

「ピンチに強いのは、お前の最大の武器だな」

「まぁね」

それから、彼は真面目な顔になって櫂を見据えた。含みのある眼差しが櫂を射貫く。

「なにより……咲穂ちゃんが一生懸命だから。彼女のためにも、どうしても成功させたかった」

そのひと言で、悠哉が本題に入ろうとしていることがわかった。あの夜、彼と咲穂がふたりでいるのを見かけたときに感じた胸騒ぎはやはり正解だったのだろう。

（悠哉もきっと彼女のことを……）

であれば、櫂が正攻法ではない手段で咲穂の夫というポジションをつかんだこと。それを黙っているのはフェアじゃない。

「悠哉。聞いてほしいことがある。俺と咲穂の結婚は――」

だが、その先は彼に遮られた。

「全部、知ってる。この間、咲穂ちゃんにも確認した」

櫂は驚きに、幾度か目を瞬く。

「櫂の彼女に対する態度、片思いの相手を必死に口説こうとしているようにしか見えなかった。これは、ふたりの結婚にはなにかあるなって察したんだ」

悠哉は早い段階から自分たちの関係を疑っていたこと、そしてそれを咲穂に直接ぶつけて事情を聞いたことを明かしてくれた。

「本来なら最初に櫂と話すべきだったのに、そこを飛ばして勝手な行動をとったことは謝る。悪かったよ」

「いや……」

そう答えながら、櫂の脳内でいくつかの疑問が解けていく。

まず週刊誌の件。自分と咲穂しか知りえないはずの詳細情報は、いったい誰が垂れ込んだのか。今の話で、この件がすでにふたりだけの秘密ではなくなっていたことが判明した。

（だが、悠哉ではない）

彼がそんな人間じゃないことは自分が誰よりも知っている。となれば、悠哉と咲穂の会話を盗み聞きしていた人物がいたと考えるのが自然だ。それが〝匿名の社員〟の正体。潤派の人間、最近やたらと櫂の身辺を探っていた梨花辺りだろう。

それから咲穂の言葉。

『あの、櫂さん。七森さんのことで、ちょっとお伝えしたいことが……』

あの台詞を聞いたのは、咲穂と悠哉がこの話をした夜のこと。

耀は最悪の告白、つまり咲穂が悠哉を好きになった……という可能性を考えたが、そうではなく、この件を伝えようとしていたのかもしれない。つまり、悠哉に秘密がバレてしまったことを。

頭を整理するために悠哉からもう少し詳しく聞きたい気持ちもあったが、彼は待ってくれなかった。

静かに、だがはっきりと悠哉は告げる。

「僕は、咲穂ちゃんが好きだよ」

耀は言葉を返すことができないまま、ただ彼の思いを聞いていた。

「咲穂ちゃんの隣だと、すごく自分らしくいられるんだ。彼女の笑顔をずっと隣で見ていたい。そんな気持ちにさせられた」

その思いは自分もまったく同じで、だからこそ悠哉の本気が痛いほどに理解できた。

「耀の奥さんだってわかってるけど、それでも……好きになってしまったんだ」

悠哉はまっすぐにこちらを見て、続ける。

「別に僕は、君たちの結婚のきっかけに文句をつけるつもりはない。見合いとか政略結婚とか、愛のないところから始まる夫婦なんていくらでもいると思うし。ただ……」

そこで彼は珍しく厳しい表情をしてみせた。

　櫂への怒りが、はっきりと浮かんでいる。

「そういう始まりならなおのこと、咲穂ちゃんを不安にさせないよう言葉でも行動でも示さないといけないんじゃない？」

　彼の突きつける正論が心に痛い。

（悠哉の言うとおりだ。継母をどうにかすることより、キスより先を望む前に、咲穂に伝えなければいけない言葉があったのに）

　夫婦という関係に自分は甘えすぎていたのだ。明確な言葉などなくても伝わるはず、ともに暮らしていれば咲穂の気持ちも育ってくれるだろうと。

　思いは言葉にしなければ伝わらない。

〝咲穂を愛している。だから、君の愛が欲しい〟

　もっと早く、そう言うべきだったのだ。

　愕然としている櫂に、悠哉は呆れたため息を落とす。

「咲穂ちゃんはまだ、櫂の愛情を百パーセントで信じきれていない。俺の目にはそう映った。悪いけど、わずかでも勝ち目があるなら全力でいかせてもらうよ」

　悠哉はゆっくりと席を立つ。

「今日は、その宣戦布告をしに来たんだ」

櫂もまた、彼を見返す。

「わかった。悠哉は大切なビジネスパートナーで親友だ。だが咲穂は……彼女だけは、誰にも譲れない。俺も全力で闘うつもりだ」

悠哉は白い歯を見せて笑った。

「上等だ」

七章　このたび、夫婦になりました。もちろん真実の愛で！

耀と暮らすマンション。自分の部屋のデスクに向かい、咲穂はため息ばかりをこぼしていた。

（どうして、こんなことになっちゃったんだろう）

数日前に発売された週刊誌で、また耀と咲穂の関係がフォーカスされた。ふたりは話題づくりのために愛のない偽装結婚をしたという内容で、その記事は想像以上に世間の注目を集め、大きな騒ぎとなった。

その結果、咲穂はしばらく出社せず自宅待機をするようにと命じられている。

ＣＥＯである耀とは違い、一般のフロアで働く咲穂のもとにメディアが群がると、ほかの社員にも影響があるからという理由だ。

一応リモートワークでできる仕事をこなしてはいるが、忙しい時期にこんな状況になってしまい、チームのみんなに申し訳ない気持ちでいっぱいだった。

（今日はリベタスの発売記念パーティーなのに）

これまでがんばってきたプロジェクトの集大成、もちろん咲穂も楽しみにしていた。

「あっ」

デスクの上のスマホから着信音が流れる。上司の理沙子からだ。

「おつかれさまです。出水です」

職場では旧姓で通しているので、咲穂はそう応答する。返ってきた彼女の声は暗く、沈んだものだった。

「……はい、承知しました」

今夜のパーティーも欠席でお願いしたいという連絡だった。予想していたことではあったが、やはり少し落ち込む。

『本当にごめんね。まだ、社内も混乱していて』

ためらいがちに言葉を選びながら、理沙子が説明してくれる。

取引先などの関係各所からはひっきりなしの問い合わせ、社のお客さま窓口には『憧れの夫婦が宣伝するブランドだと楽しみにしていたのに、失望した』というような非難の声が届いており、チームもいまだ対応に追われている状況らしい。

「多大なご迷惑をおかけして、本当に申し訳ございません」

電話なので見えないとわかりつつも、咲穂は深々と頭をさげる。

(忙しいときに戦力になれないばかりか、仕事を増やしてしまって情けないな)

『ううん。出水さんのせいじゃないのは、みんなわかってるわよ。美津谷CEOも記事にあるような事実はないとはっきり否定しているしね。ただ……今日のパーティーはCEOにも欠席してもらって、無難に終えようっていう方向で話が進んでいて』

「わかりました。自宅でできる仕事があれば、どんどん回してください。そのくらいしか貢献できないので」

そんなふうに伝えて、咲穂は彼女との通話を終えた。「ふぅ」と細く息を吐いて、顔を天井に向ける。涙がこぼれてこないように。

（さすがに落ち込むなぁ）

燿との関係も仕事もボロボロ、まさにドン底だ。

彼とはこのところ、まともに話ができていない。週刊誌の対応に追われているのだろうと想像はつくが、実は気まずくなったのはそれより前からだ。

燿が元許婚の女性と会っていたらしい、あの日の夜。

『悪いが、急ぎで考えなければならない案件があって……またの機会にしてくれ』

硬い声でそう言って、彼は咲穂を避けるように背を向けた。

あの瞬間、目の前が真っ暗になり、急に世界が閉ざされてしまったような気持ちになった。

住む世界が違いすぎる、ハッピーエンドはありえない。そんなふうに予防線を張っていたくせに、やっぱりどこかで期待していたのだろう。突如現れた、櫂の思い人らしき女性の存在に咲穂は打ちのめされていた。

彼女と再会して、櫂は自分の本心に気づいたのだろうか。

(私ではダメだと痛感した？　だから、顔を見てもくれなかったのかな。もしかしたら一緒に暮らすことすら嫌になった？)

ネガティブな想像ばかりが次々と浮かんでしまって、決定的な言葉を聞くのが怖くてたまらなくなる。咲穂もCMのトラブルで忙しいからと自分に言い訳し、彼と向き合うのを避けた。

そんな状況のなかでの、今回の週刊誌の記事だ。

咲穂も読ませてもらったが、【話題づくりのための偽装結婚】【実態のない夫婦生活】、今の咲穂には痛すぎるワードばかりが並べられていた。

記事にあるような事実はない。櫂はそう説明したらしいが、彼の立場ならそう言うしかなかったことは容易に想像がつく。

(実際は……あの記事、かなり正確なのよね)

表現に悪意があるとはいえ、事実関係はおおむね正しくまとまっていた。

咲穂と耀……そしてすべてを打ち明けた悠哉しか知りえないはずの経緯が記載されている。

（けれど、七森さんは耀さんの親友で、週刊誌に情報を渡したりするはずない）

となると……。

『物音が聞こえた気がしたんだけど……気のせいかな』

悠哉に事情を説明したあの夜、彼は物音を聞いたと言っていた。遅い時間だったし、もう誰も残っていないだろうと咲穂は判断してしまったが、もしかしたらあの場に誰かいたのかもしれない。もっとよく確認していれば、週刊誌に暴露されるなんて事態は防げただろうに。

（私のせいだ。耀さんにも、チームのみんなにも迷惑をかけて……本当にどうしようもない）

落ち込んでいる暇があるなら、できる仕事を少しでも。そう思うのに、ＰＣを操作する咲穂の手は止まりがちだった。

昼の三時半。パーティーは夕方六時スタートだから、みんなはもう会場に移動している頃だろうか。

（例の記事のせいで、大事なパーティーが台無しになることがありませんように。ど

うか成功しますように）

そう祈ったところで、またスマホが鳴った。先ほどと同じく理沙子かと思ったが違った。

「七森さん⁉」

社用スマホの番号は彼にも伝えてあったので、かかってきても不思議はないのだが、少し驚いた。

『リベタスチームのみんなから咲穂ちゃんが困ったことになっていると聞いて、それで……』

きっと心配してくれたのだろう。咲穂は無理やりに、明るい声を出す。

「私は大丈夫です。それより、七森さんも尽力してくださったリベタスの発売前に、こんなふうにご迷惑をおかけしてしまって申し訳ないです。ごめんなさい」

スマホの向こうから、どこか寂しげな苦笑が聞こえてくる。

『そんなビジネスライクに謝らないでよ。愚痴や泣き言を聞くくらいなら、役に立てるかな？　そう思って電話したんだから』

彼の優しさに、目頭が少し熱くなる。

「……ありがとうございます。白状すると、ちょっとへこんでいました」

『だよね』

悠哉の柔らかな声は耳に心地よい。

『本当は会いに行きたかったんだけど。今の状況で僕がウロチョロしたら、咲穂ちゃんにも櫂にも迷惑がかかると思って自重した』

このマンションはセキュリティが強固なので記者が突撃してくるような事態にはなっていないが、悠哉の言うとおり、今はうかつな行動は絶対にできない。

（これ以上、櫂さんやリベタスのみんなに迷惑をかけるわけにはいかないもの）

「こんなふうに連絡をもらえただけで、十分ありがたいです。七森さんは今夜のパーティーに出席されますよね？　そんな忙しいときに、お気遣いさせてしまって――」

『違うよ』

咲穂の話の途中で、悠哉が口を挟んだ。いやに真剣で、切実な声だった。

『お気遣い、なんかじゃない。僕が咲穂ちゃんと話したかったんだ。君にどうしても……伝えたいことがあって』

声だけでも、彼の熱意が伝わる。

『咲穂ちゃんはさ、櫂のことが大好きだよね？』

ど直球に核心を突かれて、咲穂はたじろぐ。

「え、あ、その」

『隠さなくていいよ、見てればわかるから』

クスクスと笑ったあとで、悠哉はまっすぐに告げる。

『でも、僕も咲穂ちゃんのことが大好きなんだ』

「え……え……えぇ⁉」

彼はさらりと言ったけれど、咲穂には衝撃のひと言だった。

『そんなに驚く？　僕も、咲穂ちゃんほどじゃないけど結構わかりやすいほうだと思うんだけどな』

「いや、ま、待ってください。今のは、友人としてとか仕事仲間としてではなく？」

『うん。男として君が好きだよ』

なにも、言葉が出てこなかった。始まりはどうあれ、咲穂は櫂の妻。悠哉は夫の友人になるわけで、そういう対象と認識したことなど一度もなかったから。

（な、七森さんが私を好き？）

呆然としている咲穂に、彼は言葉を尽くして思いを伝えてくれる。

『咲穂ちゃんの隣は、すごく居心地がいいんだ。自然と笑顔になれる。だから、君にもずっと笑っていてほしいと思う。……悲しそうな顔は見たくない』

スマホの向こう側で、彼が大きく深呼吸をする気配がした。

『僕は絶対に咲穂ちゃんを悲しませないと誓うよ。今は君が、櫂を思っていても構わない。一パーセントでも僕が入れる余地があるなら……諦めたくないんだ』

ミステリアスで飄々《ひょうひょう》としている、いつもの彼からは想像もできない熱い台詞。悠哉は自分にはもったいない、素敵な男性だ。だけど……。

「ごめんなさい。私、櫂さんが好きです。たとえ櫂さんが私を好きになってくれなくても、別の女性を愛していても……私は百パーセントで櫂さんが好きなんです！　それだけは絶対に変わらない。だから、七森さんの気持ちには応えられません」

頭で考えたわけじゃない。咲穂の心が、迷わずに答えを告げていた。

もしかしたら、自分を幸せにしてくれるのは悠哉なのかもしれない。彼となら苦しくなったり泣いたりすることなく、穏やかな日々を送れるのかもしれない。

（でも……苦しくても、泣くことがあっても、私は櫂さんと一緒にいたい。彼の隣に、帰りたいんだ）

自分の気持ちを強く、はっきりと自覚する。それが悠哉にも伝わったのかもしれない。彼は『ははっ』と小さく笑う。

『やっぱりか。咲穂ちゃんはそう言うと思ってた。悔しいけど、そういう性格も好きだから仕方ないな』

「七森さんの気持ちは、すごく嬉しいです。ありがとうございます」

『そう思うなら、ちゃんと櫂に気持ちを伝えてね。僕の失恋を無駄にしたら怒るから』

冗談っぽく言ったけど、きっと彼の本音だろう。咲穂は笑顔になって、彼に返事をする。

「――はい、約束します」

『応援してるよ』

悠哉との電話を切った直後、バタバタと玄関のほうが騒がしくなった。咲穂の部屋の扉が勢いよく開いて、櫂が飛び込んでくる。

「か、櫂さん⁉」

「咲穂、パーティーに行くぞ。すぐに準備してくれ」

言いながら、彼は咲穂の腕を取って立ちあがらせた。そのまま彼に引っ張られながら部屋を出る。

「えっ、パーティーってリベタスの発売記念の……ですか？　今夜は私も櫂さんも欠席することに決まったんじゃ……」

「ふたりとも出席するということで、もう関係各所と調整済みだ」

「い、いつの間に⁉」

あいかわらず、彼は仕事が早い。

「リベタスのパーティーだぞ。……咲穂がいなければ、始まらない」

当然のように言い放ち、櫂は不敵な笑みを浮かべた。

「大切なイベントだからな、ちゃんとドレスアップしてくれよ」

彼はウォークインクローゼットに咲穂を押し込み、自身もパーティー用のスーツを手に取る。

（ほ、本当に私が出席してもいいのかな？　メディア関係者も来るし、騒ぎになってリベタスの足を引っ張ることになるかも）

胸に渦巻く不安は消えないけれど、櫂が出席する方向で調整したと言う以上は覚悟を決めて出向くしかないだろう。

友人の結婚式にお呼ばれしたときに奮発して買った、ワインレッドの大人っぽいドレスに着替えを済ませると、櫂は満足そうに頬を緩めた。

「いいな、似合ってる。そのドレスならジュエリーもあったほうがいい。俺が贈った婚約指輪は？」

「そこのジュエリーケースに……」

咲穂は小物類を収納している棚に目を走らせる。ガラス製のジュエリーケースのなかに、櫂からもらったダイヤの指輪も大切にしまってある。

(私もこのドレスに似合いそうだなって思ったけど……でも、つけていいのかな？もし櫂さんの心に別の女性がいるのなら……)

咲穂が逡巡している間に櫂はケースを開け、指輪を取ってこちらに戻ってきた。

「俺は……つけてほしいと思ってる」

櫂は迷いなく咲穂の手を取り、指輪をはめた。

(左手の……薬指だ)

トクン、トクンと音を立てて、咲穂の鼓動はそのスピードを増していく。

(櫂さんはずるい。今、こんなことされたら……私はまた期待しちゃうのに)

期待、してもいいのだろうか？

咲穂の薬指で輝くダイヤを見て、櫂は甘やかに目を細める。

「ダイヤのネックレスもあったほうがいいな。亡くなった母の形見があるから、それを使うといい。髪はこのドレスならアップが合いそうだが、咲穂はどうしたい？」

「えっと、今夜は……櫂さんにお任せで！」

大事なリベタスのパーティーだからこそ、櫂の手で変身させてほしい。そんなふうに思った。

（耀さんの前だと……これまで知らなかった感情がどんどん湧いてくる）

「了解」

彼は嬉しそうに笑って、咲穂を美しく着飾らせてくれる。彼の優しい手が、咲穂の髪に、肩に、頬に触れる。泣きたくなるほど幸せで、この時間が永遠に続けばいいのに……そう願いたくなった。

「よし。最後はリップだな。どの色がいい？」

「あっ、リップは……」

咲穂はメイクポーチに手を伸ばし、一本の口紅を迷わずに選び取った。

「これで、お願いします」

マリエルジュのクリアレッド。それを彼に渡す。

「耀さんに初めてもらったプレゼント。私に自信を与えてくれる、宝物なので」

「俺も、これがいいと思ってた」

ふっと笑って、彼は咲穂の顎に指をかける。口紅を塗ってもらうのは、これで三度目だ。初めてより、二度目のあの日より……今日が一番、この〝キスする距離〟にドキドキする。

（あぁ。どうしようもないほどに、私は櫂さんを愛してる）

「じゃあ、行こうか」

互いにドレスアップを終えたところで、彼が手を差し出した。

艶のあるブラックスーツに深紅のネクタイ。いつもとは違う、オールバックに撫でつけたヘアスタイルも新鮮でとても似合っていた。

「はい」

壊れそうなほどに高鳴る自身の心臓の音を聞きながら、咲穂は彼の手を取った。

今夜の会場は、MTYジャパン本社と同じ丸の内エリアにある高級ホテル。

パーティー開始まであと二十分ほどあるが、バンケットルームの前はすでに大勢の人々で賑わっていた。主要取引先などの業界関係者、宣伝のために呼んだモデルやインフルエンサーたち、そしてメディア関係者。

櫂が姿を現すと、その場の全員の視線が一斉にこちらを向く。

「おっ、来たぞ！　美津谷櫂だ」

「一緒の女性、例の偽装結婚の妻か？」

好奇の視線と嘲笑が注がれる。なんともいえない陰湿な空気に、咲穂は一歩あとずさる。そんな咲穂の背を櫂の頼もしい手が支えた。

「大丈夫だ。堂々と顔をあげていろ」

櫂は咲穂の手をギュッと強く握り、人々の輪のなかに進んでいく。群がる記者たちを前にして櫂は大きくひとつ深呼吸をした。それから、まっすぐに前を向く。

「今日はお集まりいただき、ありがとうございます。最初に私から、みなさまをお騒がせしている記事について説明させていただきたいと思っています」

これだけのメディアが集まっている以上、知らぬ存ぜぬを貫くのは無理だろうと思っていたけれど……こんな記者会見みたいな形を彼が想定しているとは思っておらず、咲穂は驚く。

（櫂さん、なにを言うつもりなんだろう？）

櫂に答える気があるとわかるやいなや、あちこちから質問が飛んでくる。いや、質問というよりはもはや罵倒に近い。

「記事はどこまで真実なんですか？」

「奥さまは社内の……いわば櫂さんの部下ですよね？　結婚を強要していないと断言できますか？」

「おふたりが共演したＣＭについても聞かせてください。騙された、ショックだという声も多くあがっているようですが」

　櫂は片手をあげて彼らの質問を制して、ひとりひとりを見据えた。

「どの質問への答えも同じ。みなさんにお伝えしたいことは、ひとつだけです」

　きっぱりと強い声で彼は言う。

「俺は彼女を、妻である咲穂を心から愛しています」

　その場に大きなどよめきが起きる。けれど、咲穂の耳には櫂の言葉だけが響いていた。

　彼の顔がゆっくりとこちらを向く。咲穂だけを見つめて、彼は続けた。

「今日も明日も、十年先も五十年先も……君の待つ家に帰りたい。咲穂の『おかえりなさい』が聞きたい。それだけが俺の願いだ。どうか、叶えてくれないか？」

　嘘のない彼の瞳に、咲穂の胸が熱くなる。全身全霊で、櫂が愛を伝えてくれていると気づいたから……不安も迷いもどこかへ消えていった。

（どうして疑ったり、不安になったりしたんだろう。櫂さんの目を見れば、ちゃんとわかることだったのに）

　咲穂は満面の笑みで答える。

「私も。櫂さんとずっとずっと、一緒にいたいです。あなたを愛しているから」

今度はふたり揃って、記者たちのほうを向く。

「私たちの言葉が嘘だと、演技だと思うなら……そう記事にしてくださって結構です」

燿はそう言ったあと、咲穂を見て優しくほほ笑む。

「咲穂が信じてくれるなら、ほかにはなにもいらない」

シンと静まり返っていたその場にパチパチと拍手が起きる。音の出所を探して視線を巡らせると、理沙子たちリベタスチームのみんな、そして悠哉が拍手を送ってくれているのがわかった。

「みんな……」

彼らの気持ちが伝播《でんぱ》するように、招待客のモデルやインフルエンサーたちも応援の言葉をかけてくれる。

「信じるよ」

「がんばって！」

どんどん大きくなっていく拍手の音に、糾弾の声一色だった記者たちの反応も変わりはじめた。

「奥さんは一般人だろう？　演技……には見えないよな」

「美津谷燿は敵も多いしな。そういう連中が仕掛けたネタだったのかも」

櫂はあらためて、集まった人々に向き直り発言する。

「私と妻の関係は、記事にあったような〝実態のない偽装夫婦〟などではありません。ただ、我が社の社員がそう誤解をしたなら……それはすべて私の説明不足が原因であったと反省もしています。解決に向けて、真摯に対応してまいります」

その言葉を締めとして、櫂は急遽の記者会見をおしまいにした。

先ほどまでの四面楚歌な空気は一変し、温かなムードのなかでリベタスの発売記念パーティーが幕を開ける。

シャンパンで乾杯、ちょっとしたメイクショーやイベントなどもあり、会場はおおいに盛りあがった。

（よかった。パーティーそのものは成功と言えそう）

パーティーも中盤を過ぎたところで、咲穂はようやく櫂と話す時間を持つことができた。

「とりあえず、おつかれ」

「おつかれさまです」

互いのカクテルグラスを軽く合わせる。会場を見渡した櫂は心の底から安堵したようにホッと息を吐く。

「……どうにかなってよかった。今回ばかりはちょっと焦った」

さすがの彼も、このピンチには肝を冷やしていたようだ。

「でも燿さんはやっぱり策士ですね。まさかここで記者会見を開くとは、思ってもいませんでしたよ」

いたずらに瞳を輝かせて、彼は咲穂の顔をのぞく。

「記者会見は策だったが、さっきの言葉はありのままの本音だよ」

「……どうでしょう？　燿さんは演技上手だから」

クスクスと、咲穂は笑う。演技じゃない。そう確信しているからこそ言える冗談だ。

彼はぷっと噴き出して、それから甘やかに目を細めた。

「残念だけど、咲穂の演技下手がうつったみたいだ。俺はもう、君の前ではまったく嘘がつけなくなった」

大きな手が咲穂の頬を撫で、極上に美しい顔が近づく。

「愛してるよ、咲穂。永遠に離してやらないから、覚悟しておいて」

期待以上にストレートな愛の告白。咲穂の顔が真っ赤に染まる。

「燿、咲穂ちゃん！」

濃密になった空気をあっさり壊して、悠哉がひょいと割り込んできた。

「七森さん！　わぁ、素敵ですね」

さすがはメイクアップアーティスト。王道の上下ブラックかと思いきや、近くで見るとペイズリーの織模様が入った個性的なスーツをさらりと着こなしている。

「お前……このタイミングで来たの、絶対わざとだろう」

彼の登場に櫂は不満をあらわにする。

「あぁ、心配しないで。もうとっくに振られたから。ね、咲穂ちゃん」

悠哉は咲穂にウインクを送ってよこす。

「そうか。振られ……はぁ？　いつの間にそんな話を⁉」

「いきすぎた嫉妬は見苦しいよ、櫂。そんなことよりさ」

動揺しまくる櫂を軽くいなして、悠哉は咲穂にスマホの画面を見せた。

「さっきの会見、早速ネットニュースになってるんだけど……世間の反応、上々だよ」

彼の言うとおり、早くも櫂の発言が記事になり数々のコメントが寄せられている。

【公開告白、かっこいい！】

【どう考えてもガチ告白だよ～。奥さんが羨ましい】

悠哉がいちいち声に出して読みあげるので、咲穂は恥ずかしさにうつむく。

「七森さん、もうそのへんで」

もちろん好意的な声ばかりではなく、真逆の意見もあるにはあった。けれど数日前までの大バッシングを思えば、櫂の記者会見はリベタスの逆風を跳ねのけたといえるだろう。

「出水さん、美津谷ＣＥＯ。おつかれさまです～」

悠哉に続いて、理沙子たちリベタスチームのみんなも来てくれた。

「白木チーフ、みなさん。このたびはご心配をおかけして、本当に申し訳ありませんでした」

咲穂はあらためて謝罪をする。

「う～ん、心配は……そんなにしていなかったかも。ね、みんな？」

理沙子の問いかけに、みんながうなずく。キョトンとする咲穂に、クスクス笑って理沙子が説明する。

「だって、出水さんがＣＥＯを大好きなのは顔を見ればわかるし」

「うん、うん」

彼女の言葉に一同が同意する。

「美津谷ＣＥＯも……イメージに似合わず、ものすごく素直な人なんだな～ってみんなで噂してたくらいだから」

「呆れちゃうくらいに、出水さんしか見ていないんですもん」

「そうそう、最初のプレゼンのときからずーっと！」

クスリと笑って悠哉が付け足す。

「わかっていないのは当人だけ。よくある話だよね」

それから、みんなであらためてリベタス成功を祈願して乾杯をする。

楽しい時間を過ごし、もうすぐお開きというところで、悠哉がスーツの内ポケットからカードのようなものを取り出した。

「はい。これは僕から、ふたりへの結婚祝いのプレゼント」

「プレゼント？」

耀は受け取りつつも、ピンとこないようで首をひねった。

「このホテルのスイートルーム、予約しておいたから」

にっこり笑って悠哉は言う。耀も咲穂も、目を丸くして驚いた。

「え、スイートルームって……今夜は会社のみんなも、メディア関係者もいるのに」

咲穂は戸惑うが、悠哉は「だからだよ」と不敵に答える。

「ふたりがどれだけラブラブか、存分にアピールしておいたほうがいいでしょう？

ちゃんと真実なんだしね」

　悠哉の提案に櫂は力強くうなずく。

「そのとおりだな。ありがたく、もらっておく」

「あぁ。……二度と不安にさせるなよ」

「もちろん。約束する」


　招待客の見送りと後片づけを終えた、夜十時。咲穂と櫂は、悠哉がプレゼントしてくれたスイートルームに足を踏み入れる。

「わぁ！」

　正面の大きなガラス窓には、一枚の絵画のような夜景が広がっている。

「綺麗ですね」

　咲穂がうっとりとつぶやくと、隣の彼からは甘いほほ笑みが返ってくる。

「夜景より咲穂のほうが綺麗だけどな」

「か、櫂さん！」

　慌てる咲穂を愛おしそうに見つめて、彼はクスリとする。

「一刻も早く、君を俺のものにしたいところだけど……その前にきちんと話をしよう」

「はい」

窓際を向いたソファにふたりで並んで座り、すれ違っていた時間のことを説明し合う。

「あのデートの日、私なりに関係を深める覚悟を決めていたんですよ。でも櫂さんが途中でやめちゃうから……私じゃその気にならないのかな？とか不安になって」

「いや、あれは——」

焦ったように、櫂が釈明する。

「咲穂は固くなって震えていたし、涙を浮かべているように見えたから……まだ早い、というか……俺が強引すぎたんだと反省して」

彼が抱いてくれなかった理由は、咲穂の想像とは全然違うものだった。

櫂はただ、咲穂を大切にしようと思ってくれただけだったらしい。

「じゃあ、許婚だった滝川翠さんは？　私、彼女は櫂さんの忘れられない女性だと聞いて」

「誰がそんな話を吹き込んだんだ⁉」

潤が〝櫂は大和撫子が好きだった〟と言っていたこと、梨花から聞いた翠の話、それらをすべて正直に伝える。

「彼女が許婚だったのは、たしかに事実だ。だが、親が勝手に決めただけの関係で、交際していたわけでもないし、許婚を解消したのは十年以上も前だ」

彼女が許婚になった経緯、どうして関係を解消したのか、櫂は丁寧に説明してくれる。さらに〝許婚解消を便利に使っていい〟という密約が、翠との間にあったことも教えてもらった。

「あぁ、思い出した。そういえば何年も前に……穂高さんにその台詞を言ったことがあったな」

「え？」

穂高は梨花の旧姓だ。櫂の記憶によると、言い寄ってきた彼女をお断りするときに『翠を忘れらないから』という魔法の言葉を使わせてもらったのだそうだ。

いつか聞いた、潤の台詞を思い出す。

『うちの奥さんね〜、最初は兄貴のこと狙ってたんだよ。でもあっさり撃沈して』

続いて、梨花との会話も――。

ほかの女性が櫂に振られるところを見ていた、彼女はそんなふうに語っていたけれど……実は、その台詞で振られたのは梨花自身だったようだ。

「だが、過去のこととはいえ翠との関係はきちんと説明しておくべきだったな。悪かった」

「あ、いえ。私も最初から素直に聞けばよかったのに、勇気が出なかったんです」

咲穂は小さく笑った。

「彼女とは、誓ってやましい関係ではないよ。俺自身、今回個展の連絡をもらうまで翠の存在をすっかり忘れていたくらいだし……まぁ彼女のほうは、もっとひどかったがな」

「え、どういう意味ですか？」

「彼女、俺の名前すら覚えていなかった」

想像のななめ上すぎて、咲穂も思わず噴き出した。

「翠の個展に行ったのは、別に再会を懐かしむためでもなんでもなくて、ある目的があってね」

まだ誰にも言わないことを条件に、櫂はその目的を教えてくれた。

「そうだったんですね！　それは……うまくまとまったら素敵ですね」

とても櫂らしい話で、咲穂の頬も自然と緩む。

それから、彼は彼で悠哉の気持ちに気づいて嫉妬心から咲穂を避けてしまったと、最近のすれ違いの理由を明かしてくれた。

「継母がいるかぎり俺の日々に平穏が訪れることはなさそうだし、こんな男より悠哉と一緒にいるほうが咲穂は幸せなんじゃないかって、少し自信を失っていたんだ」

彼の大きな手に、咲穂は自分の手を重ねた。

「私は、櫂さんに幸せにしてほしいわけじゃありません。幸せなときも、そうでないときも、ただあなたと一緒にいたい。望みはそれだけです」

「――そうだな。病めるときも、健やかなるときも」

櫂の顔がゆっくりと近づく。

「俺と夫婦でいてくれるか？」

愛する人からの二度目のプロポーズに、咲穂は元気よく返事をした。

「もちろんです！」

唇に、温かなぬくもりが触れる。彼の手が咲穂の耳を撫で、後頭部に回り、その動きに呼応してキスはグッと深くなった。絡まる舌が、櫂の熱い吐息が、咲穂の身体に火をともす。

「んっ、櫂さん」

「――やっと咲穂に触れられた」

ささやく櫂の声が、甘くとろける。

貪るようなキスが互いの熱情を高めて、そのままもつれ合うようにしてソファに倒れ込んだ。浅く速い呼吸。余裕をなくした彼がこちらを見おろす。

「君が欲しい。ずっと、この瞬間を待ちわびていた」

自分を欲するその眼差しがたまらなく嬉しくて、咲穂の胸はうち震えた。

「私も。耀さんに抱いてほしいです」

いつかは言えなかった自分の思いを、今度は素直に、まっすぐに伝える。

耀はゴクリと喉を鳴らして、耐えきれないというような表情を見せた。

「――寝室に行こう」

咲穂を横抱きに持ちあげて、彼はベッドルームへ移動する。ふかふかの大きなベッドに咲穂をおろすと、そのまますぐに覆いかぶさってきた。

彼の手がドレスの裾をたくしあげて、咲穂の太ももを撫であげる。背筋にぞくりとする快感が走って、咲穂は思わず甘い声を漏らす。

「ふっ、んん」

その喘《あえ》ぎを食べてしまうみたいに、耀が唇を重ねる。巧みなキスに酔わされている間に、ドレスを脱がされ、咲穂は彼の眼前に素肌をさらす。

「えっと、あんまり直視しないでください。恥ずかしすぎるので」

刺すような視線から逃れるため、咲穂は顔を背けようとするが彼の手にそれを阻まれる。

「ダメ。かわいい顔も、綺麗な身体も全部見せて」

こんな極上に甘い笑みを向けられたら、あらがえない。咲穂は彼の眼差しとキスを受け入れる。

白い膨らみをやわやわと揉む彼の手は、咲穂の反応を確かめながら、少しずつ敏感な場所へと近づいていく。

指先がツンとかすめただけで、咲穂は「あっ」と声をあげる。

「今の声、いいな。何度でも聞きたい」

爪弾いて、意地悪にもてあそんで……耀は咲穂の甘い声を引き出すように優しい愛撫を繰り返す。

「ん、あんっ」

彼の触れている胸の先からジワジワとした快感が広がり、全身が敏感になっていく。

ささいな快楽まで浅ましく拾い、はしたない嬌声《きょうせい》がこぼれるのを止めることができない。

「ふ、うう、あぁ！」

「いやらしくて、かわいい」

胸への愛撫は脇腹を通って、下腹部へと向かう。咲穂のそこは、すでに恥ずかしいほどに潤い、切ない疼《うず》きを訴えていた。

（身体が熱くて、もどかしい……）

頭がふわふわして、なにも考えられなかった。感じるのは、櫂のぬくもりだけ。

「咲穂の顔、もうとろけてる」

櫂はふっと笑って、それから耳元に顔を寄せてささやく。

「けど、まだまだだ。もっと、グチャグチャになるまで溶かしたい」

彼の指先が蜜口をそっと撫でる。花芽を探り当て、ゆるゆると転がす。それだけで全身に痺れるような刺激が走り抜けた。

「あ、はぁ、櫂さん」

どんどん深くなっていく櫂の責めに、咲穂はすがるように彼の背中を抱き締める。

「もっと、見たい。見せて、咲穂が俺の手で乱れるところ」

「——櫂さんっ」

幸せでたまらないときも、涙が出るのだと初めて知った。彼の腕のなかは、信じられないほどに心地よく、あふれんばかりの愛で満ちている。

「ん、あっ」

熱く滾《たぎ》るもので貫かれ、咲穂のなかは彼でいっぱいになった。

「苦しくないか？」

少し動きを止めて、気遣うように櫂は咲穂の顔をうかがう。

「大丈夫です。大好きな人とひとつになるのって、こんなに幸せなことだったんですね」

「……そんなかわいい顔で、これ以上俺を煽らないでくれ。加減できなくなる」

弱りきった様子の彼に、愛おしさがつのる。

「手加減、いらないです。櫂さんになら、なにをされても嬉しいから」

櫂の頭をそっと抱いて、咲穂はそうつぶやいた。

腰を打ちつけられるたびに、下腹部の甘い熱が膨張していく。視界にチラチラした光が見えはじめる。

「ダメです。なにか、もうおかしくなりそうで……」

「大丈夫。俺に、すべて委ねて」

おなかの奥で、なにかが今にも爆《は》ぜそうにうごめいている。解放されるその瞬間を待ちわびているみたいに――。

熱をはらむ瞳がじっと咲穂を見つめる。

「愛してるよ。世界で一番かわいい、俺の奥さん」

「私も。櫂さんを愛しています」

指先を絡めて、互いの思いを確かめ合って、ふたりは同時に高みへとのぼりつめた。


「きっと運命だったんだな」

裸のままの背中が彼のぬくもりに包まれている。櫂は逞しい腕で咲穂をギュッと抱き締めながら、そう言った。

「君が手掛けた広告を偶然目にしたのも、記者に写真を撮られたのも、必然だったとしか思えない」

「私が手掛けた広告?」

聞き返すと、彼はクスクスと笑って話してくれた。

なんと、咲穂をＭＴＹジャパンに引き抜いたのは櫂だったそうだ。

「……そうだったんですね」

驚きと嬉しさが同時にやってきた。

咲穂はくるりと身体を反転させ、正面から彼を見つめる。

「運命……リアリストな櫂さんがそんなロマンティックなことを言うなんて、ちょっと意外です」

「そうか？　俺は案外ロマンティックな男だと思うがな。咲穂に出会う日を、ずっと待っていたような気がするから」

どこまでも甘い、彼の笑顔が近づいてくる。コツンと額を合わせて、櫂がささやく。

「やっと、つかまえた……永遠に離さない」

「私だって、櫂さんが嫌がっても、もう離れません！」

クスクスと笑い合う。それから、ゆっくりと、優しく、ふたりは永遠を誓うキスを交わした。

エピローグ

それからひと月。無事に発売日を迎えたリベタスは、売上も評判も絶好調。櫂は自身に課せられていた最初のミッションをしっかりと達成した。ぐうの音も出ない結果を示されて、櫂の反対勢力だった役員たちもすっかりおとなしくなっている。

今日、咲穂と櫂は美津谷本家にやってきていた。通された応接間のソファに、ふたりを呼び出した人物――櫂の父親である美津谷智仁《ともひと》が座っている。その姿は威厳たっぷりで、さすがは世界的企業の代表といった雰囲気だ。

塔子、梨花、潤もいやに神妙な顔つきをしていて、重苦しい空気が漂う。

全員が揃ったのを確認してから、智仁は静かに口を開いた。

「まずは、こうして集まってもらったことに礼を言おう。この場にいる全員に、重要な話があるんだ」

その言葉にかぶせるように喋り出したのは塔子だ。

「誤解ですわ！　私が櫂さんを蹴落とそうとしているだなんて……いったい誰がそんな話をあなたに？」

よほど動揺しているのか、塔子の目はせわしなく泳いでいる。

「――信頼できる人物からの情報だよ。塔子、私は『日本法人は櫂に任せる。君にはそのサポートを』と伝えていたはずだ。君はそれにイエスと答えたよな？」

「ええ。もちろん、全力で櫂さんをサポートしていますよ」

櫂本人を前にして、ここまで白々しい嘘がつけるとは……咲穂は呆れて言葉も出ない。

「潤を推す派閥を組織し、櫂のブレーンを左遷しようとする。あげく、大事な新ブランドの発売前に週刊誌にろくでもない記事を出させる。それが、君のサポートなのか？」

決して声を荒らげたりはしないが、彼の怒りと失望はその瞳にしっかりと表れている。智仁はすべてを知っているようだった。塔子はいまいましそうに親指を噛み、それからキッと櫂をにらむ。

「全部、櫂さんの策略だわ。そこまでして、私と潤を美津谷家から追い出したい⁉」

塔子はもう表情を取り繕うことすらせずに、憎悪をむき出しにしてわめき散らす。

「そうなんでしょう？　あなたが智仁さんに告げ口したのね」

櫂につかみかからんばかりの勢いで、塔子は身を乗り出した。

「違う、櫂ではない」

悲しみのため息とともに、智仁は告げる。

「事の顚末《てんまつ》を私に報告してくれたのは、潤だよ」

咲穂たちは潤から事前に話を聞いていたので驚かなかったが、塔子と梨花は衝撃を受けたのだろう。ふたり揃って、口をハクハクさせている。

潤はいつもと変わらない、軽い調子で話し出す。

「そうだよ。俺が親父に報告した。やめる前にひとつくらい、会社のためになることをしてあげようかと思ってね」

「や、やめる?」

「なにを言ってるのよ、潤」

塔子と梨花の混乱は深まるばかりのようだ。

「潤の退職届はもう受理されている。MTYグループにはいっさい関わらずに生きていきたいという潤の希望を、私は父親として受け入れることにした」

智仁の言葉に、塔子はひどく狼狽《ろうばい》する。両手で自身の耳を塞ぎ、うなだれた。

「ま、待って。どうしてなの、潤……私がどれだけ、あなたのために尽くしてきたか知っているでしょう?」

氷のように冷たい目で、潤は自分の母親を見つめた。

「俺のため？　自分のプライドのためだろう。前妻——兄貴の実の母親に負けたくない。自分の産んだ息子のほうが優秀だと認めさせたい。それだけだったくせに」

「ふ、ふざけたことを言わないでちょうだい！」

きっと図星だったのだろう。塔子の激高ぶりはそれを物語っている。

苦々しい声で彼は続けた。

「愛のない結婚生活、親父の心のなかにはずっと前妻の存在があって……母さんもかわいそうだなとは思うよ。けど、道具みたいに利用される人生は、いいかげんうんざりなんだ」

静かな潤の声が、塔子の頭上に落ちる。

「俺はもうあなたの息子じゃない。金輪際、俺の人生に関わらないでくれ」

塔子の瞳が絶望に見開かれる。彼女はそれきり、ピクリとも動かなくなってしまった。

「じゅ、潤……」

隣に座る潤の腕をすがるようにつかんだのは、彼の妻である梨花だ。

「会社をやめてどうするの？　転職するってこと？」

「しばらく仕事はしないよ。フランスに行くつもりだ」

「そんな急に！　私はどうしたらいいのよ」

潤は梨花の手をそっと振りほどくと、ジャケットのポケットから白い紙を取り出して彼女に渡す。

「なによ、これ……離婚届⁉」

あまりの事態に、梨花は目を白黒させている。

「俺はもう梨花を〝御曹司の妻〟でいさせてあげられない。なんの肩書もない男の妻は、君には向かないだろう？　だから、離婚しよう」

「え、え……」

梨花は困惑している様子だが、残念ながら潤の決意はみじんも揺らがないようだ。

ずっと黙っていた櫂がここで口を挟む。

「これで、もうごまかせないとわかったでしょう？　今回の顛末をあらためて確認させてください」

観念したのか、塔子も梨花も自分たちのしたことを白状した。事の経緯は、すべて予想どおりのものだった。

櫂と咲穂が共演したプレＣＭの評判もよく、このままではリベタスは大成功をおさめてしまうとふたりは焦った。どうにか邪魔しようと、あれこれ策を練る。翠の話を咲穂に吹き込むことも、役員人事も、そのうちのひとつ。

翠の話をして咲穂を揺さぶろうという作戦は、梨花の発案だったようだ。

「ほかの女の影をちらつかせれば、あなたたちの関係にヒビが入ると思ったのよ。夫婦共演で話題になったのに、不仲説が流れればリベタスのイメージもダウンするでしょう。だから……」

自身の思惑について、梨花はボソボソと説明する。

「あ、そういえば……」

彼女と話をしたときのことが咲穂の脳裏に蘇る。

『それに、私にメリットがないってわけでも……』

彼女はそんな言葉を残していた。

(リベタスが失敗すれば、櫂さんを失脚させられる。それが梨花さんのメリットだったのね)

安直だが、ある意味、彼女らしい思考回路でもある。

そして、咲穂も予想していたとおり悠哉との会話は盗み聞きされていた。

「あそこに梨花さんがいたとは、想像もしていなかったです」

「それは――」

梨花は咲穂が翠の個展に行ったかどうか気になって、探りを入れに来たらしい。そこで偶然、咲穂と悠哉の会話を聞いた。

つまり週刊誌に告発をした匿名の社員は梨花で、彼女にそうするよう指示をしたのは塔子だった。

すべてを聞き終えた智仁が、決意を秘めた表情で顔をあげる。

「あらためて、伝えておこう。私の後継者には櫂を指名する」

自身の出した結論を告げたあとで、彼は塔子を一瞥した。

「塔子の持つＭＴＹ関連各社の株はすべて没収させてもらう。君は今後いっさい、経営に口を出さないでくれ。それができないなら離婚だ」

「な、私を誰だと……久我の人間にそんな扱い……許されると思っているの⁉」

「では今すぐに離婚しようか？　美津谷はまったく困らないからな」

先に塔子たちが去り、櫂と咲穂と智仁の三人になった。

智仁は深々と櫂に頭をさげる。

「多忙を理由に家庭をかえりみず、家族がこんなふうになっていることにも気づかずに申し訳なかった。櫂にも潤にも、長くつらい思いをさせてしまったな」

「潤はきっとここから、自分の人生を取り戻すと思いますよ」

櫂は明るい声でそう言った。それから、隣の咲穂の肩を優しく抱き寄せる。

「それに俺も。彼女との温かい家庭があるから、なにが起きても大丈夫です」

「……そうか」

智仁は安堵したように口元を緩め、咲穂に顔を向けた。

「咲穂さん。櫂を、どうかよろしくお願いします」

「は、はい！　こちらこそ」


数日後。咲穂と櫂は、潤を見送るために空港の国際線ターミナルにいた。チェックイン手続きを終えた潤がふたりのもとに戻ってくる。

「荷物、見ててくれてありがと」

言って、櫂から自分のボディバッグを受け取った。

「じゃ、そろそろ行くわ」

口調は軽いけれど、心なしか緊張した顔をしている。

「あぁ。後悔しないよう、やりたいことをやってこいよ」

「がんばってきてください」

耀と咲穂はそれぞれの言葉で、潤を激励する。

「大丈夫よ。私がついているし」

潤の隣でほほ笑むのは、耀の元許婚の翠だ。咲穂は今日が初対面。

「じゃあ行きましょうか、潤くん」

「あれ？ 翠さん、俺の名前覚えててくれたの？ 人の顔と名前をまったく覚えない人だって、兄貴から聞いてたけど」

「あぁ、潤くんの絵は見たことがあったから。絵を描く人のことはちゃんと覚えていられる。絵とその人の顔がこう、ピーンと繋がるのよ」

咲穂にはよくわからない理屈だが、彼女が言うとなんだか納得させられてしまう。

「絵を描かない人のことは、どうしてかしら？ すぐに忘れちゃって……」

（すっごく綺麗な人だけど……あのインタビュー記事の印象とはだいぶ違うかも）

ネットで見かけた彼女は大和撫子そのものだったけれど、実際に目の前にした翠はむしろその真逆をいくキャラクターの女性だった。個性的で自由奔放。

記事の写真は着物姿だったけれど、今日の彼女は蛍光色の派手なワンピースを着ている。

（実物の翠さんのほうが素敵だな）

咲穂はすぐに彼女を好きになったし、翠のほうも咲穂を気に入ってくれたようだ。キラキラした笑顔を向けてくれる。

「あ、でも咲穂さんのことは覚えたわ。とっても好みのタイプだから！　いつか私の絵のモデルになってくれるかしら？」

「はい、私でよければ」

燿が翠に会いに行った理由、それは潤の未来のためだった。彼が好きな絵画の道に進めるように――。

『潤には熱意も才能もあるのに一度もチャレンジしないままで本当にいいのか、ずっと考えていたんだよ。兄として、なにかしてやれることはないのかって……』

美津谷の名に苦しめられることはあっても、燿は自分の仕事が好きで望んでやっている。でも、潤はそうじゃない。美津谷家に道を閉ざされてしまっているんじゃないか。燿はずっと、それを気に病んでいたそうだ。

そんなときに翠から連絡をもらった。

「私はこのとおりの性格でしょう？　アトリエの雑務を手伝ってくれる人にすぐ逃げられてしまって。すごく困っているときに、ふと昔見た潤くんの絵を思い出したのよ。

ああいう絵を描く人となら、きっと気が合うと思って！」

翠は潤に狙いを定めた理由をそんなふうに説明した。つまり、翠のアトリエを手伝いながら、本格的に絵の勉強をしないか？という誘いだ。

「……気のせいじゃないといいんだが」

櫂は心配そうに眉根を寄せた。でも潤は、理由はどうあれ翠に認めてもらえたことが誇らしいのだろう。彼女の隣で満足そうにほほ笑んでいる。

潤のこの決断に対して、塔子は最後まで『潤を美津谷家から追い出すために、櫂がそそのかしたんだ』と恨み言を言っていたが……潤の晴れやかな表情を見れば、彼本人はそんなふうに思ってなどいないとわかる。

(潤さんを思う櫂さんの気持ち、伝わってよかった)

潤はあらためて櫂に向き直り、手を差し出した。

「色々、本当にありがとう」

「あぁ。潤の活躍、楽しみにしてるから」

櫂は彼の手を力強く、握り返した。それから、潤は咲穂に顔を向ける。

「咲穂さんも。元気でね」

「はい、潤さんも身体に気をつけて！」

クスリといたずらっぽく笑んで、彼は咲穂と櫂の顔を交互に見やる。

「そういえば俺、独身になったんだよね。次に帰国したときには、咲穂さんを口説いてもいいってことに……」

「——なるわけないだろっ。咲穂は俺の妻だ」

櫂のツッコミと、みんなの笑い声が賑やかに響いた。

特別書き下ろし番外編

番外編　マンハッタン・ウェディング

季節は巡り、十月。ふたりが出会ってから、ちょうど一年が過ぎた。

今日、このマンハッタンの地で咲穂と櫂は結婚式をあげる。会場はニューヨークでも最大規模の、歴史ある大聖堂。

着替えとヘアメイクを終えた咲穂は、新婦の控室でホッとひと息ついているところ。

（櫂さんは忙しいし、挙式は無理かなって諦めていたけど……やっぱり嬉しいな）

きちんと夫婦になった証にと、櫂が提案してくれた。新婚旅行も兼ねて、彼が長く暮らした土地であるニューヨークを訪れることにしたのだ。今日の式を終えたあとも十日ほど滞在して、ブロードウェイでミュージカルを観たり、ラスベガスまで足を延ばしたりする予定でいる。

（十日間もふたりでゆっくり過ごせるなんて最高！）

咲穂がニヤニヤしていると、控室の扉をノックする音が聞こえた。顔をのぞかせたのは、咲穂の兄である慎吾《しんご》だ。

「お兄ちゃん！」

「すごいな。見違えるくらい綺麗じゃないか、咲穂」

ウェディングドレス姿の咲穂を見て、彼は目を丸くして驚いている。

「ふふ。ありがとう」

我ながら、今日の自分はとてもゴージャスだと思う。二千人を収容できる大きな式場なので、それにふさわしいウェディングドレスを櫂と一緒に選んだ。

ウエストからふわりと広がるプリンセスラインに、長い長いトレーン。上半身はくるみボタンのついたハイネックと、レースのロングスリーブで上品に。咲穂はあまり詳しくないが、すごく有名なデザイナーのドレスなのだそう。

髪はすっきりとしたアップスタイル。メイクはもちろん……リベタスのアイテムを使って、悠哉が美しく仕上げてくれた。

「プライベートジェットといい、この結婚式場といい……なんだか異世界に紛れ込んじゃったみたいで、落ち着かない気分だよ」

慎吾はそんなふうに言って、指先で頬をかいた。

「だよね。私も今でも信じられないもの」

実は今回、美津谷家所有のプライベートジェットでここまで来たのだ。

エコノミークラスにしか乗ったことのなかった咲穂の家族は、ぽかんと口を開けて呆然としていた。

（いつも偉そうなお父さんがオロオロしちゃって、おかしかったなぁ）

咲穂はクスクスと思い出し笑いをする。

「そういえば、お兄ちゃんだけ？　お父さんとお母さんは？」

「あぁ。ふたりはまだ外。ニューヨークの摩天楼に圧倒されてるよ。俺だけ先に来たのには……ちょっと理由があってさ」

「理由？」

咲穂が聞くと、慎吾は申し訳なさそうにぽつりぽつりと話し出した。

「例の咲穂の縁談……最初に言い出したのは俺なんだ。それを咲穂にちゃんと謝りたくて」

「縁談って、あの飲食店経営の社長さんとの？」

「そう、それ。本当にごめんな」

「ううん。もう全然、気にしてないから」

実家を救うためにと提案された、地元の経営者との縁談。あれが大きなきっかけとなり、咲穂は櫂とのビジネス婚を決めたのだ。

（今となっては、むしろ感謝したいくらいだし……でも）

「私、お父さんが独断で進めた話なんだと思ってた。発案はお兄ちゃんだったの？」

「あぁ。妹に頼るのは情けない話だけど、もうそれしかないと思ってさ。けど、父さんはずっと渋ってた。家業のために咲穂を売るようなマネはしたくないって」

「そうだったの？　お父さん、そんなことはひと言も……」

　慎吾は苦笑して続ける。

「父さん、とことん素直じゃないからさ。咲穂には『東京で遊んでないで、さっさと帰ってこい』と言ってただろう？」

「うん。私の仕事のことなんか、ちっとも認めてくれなくて」

「地元ではさ、みんなに自慢して回ってたよ。うちの娘は東京で立派な仕事をしてるんだぞって。咲穂の手掛けた仕事も、必ずチェックしてた」

　想定外の話に、ちょっと目頭が熱くなってしまった。

「え～、なにそれ。ちゃんと話してくれたらよかったのに」

「それができないのが、父さんなんだよ」

　そんな話をしていたところに、張本人である父が母と一緒にやってきた。母はまだ式が始まってもいないというのに、もう涙ぐんでいる。

「咲穂。本当におめでとう！」

「ありがとう、お母さん」

それから、咲穂は父に顔を向ける。

「お父さんも、わざわざニューヨークまで来てくれてありがとうね」

筋金入りの外国嫌いなので、行かないと言い出さないか、ヒヤヒヤしていたのだ。

「別に。それより咲穂、妻としてちゃんと櫂くんに尽くしているのか？　妻は三歩さがって夫を立ててこそ……」

こんなときまで古くさいお小言を言う父に、咲穂は口をへの字にする。

「おあいにくさま。櫂さんは包容力のある素敵な男性だから、ありのままでいいって言ってくれるんです」

「まったく、お前は口答えばかり」

いつものように喧嘩《けんか》を始めそうになったふたりの間に、ズイと母が割り込む。

「あなた。今日は咲穂の結婚式です。素直に祝福できないなら、ひとりで先にお帰りになったらどうですか？」

いつもと同じおっとりとした口調、にこやかな表情。なのに、ものすごく怖い。

「い、いや。祝福しないとは言ってない……です」

母の前で小さくなる父。実家にいたときには、見たことがなかった光景だ。

咲穂は慎吾に小声で尋ねる。

「お母さん、どうしちゃったの？」

「咲穂を見習って、これからは自分の思うように生きるんだって」

これまで母は家事に専念していて、商売にはあまり口出ししてこなかった。でも今は、母も協力して色々と試行錯誤しているそうだ。

「母さん、意外とセンスがよくてさ。女性向けに開発した商品とか、うまくいってるんだよ。だから、櫂さんから援助してもらった資金も予定より早く返済できそうだ」

慎吾はとても嬉しそうに、そう報告してくれた。

（お母さん、おとなしそうに見えて芯は強かったものね）

こうして見ると、両親はお似合いの夫婦なのかもしれない。

「そんなわけで、こっちはなんとかなりそうだからさ。咲穂は好きな仕事を続けて、櫂さんと幸せになれよ！」

「うん。ありがとう、お兄ちゃん」

空に届きそうなほど高い天井、壁一面のステンドグラスが陽光を受けて明るく輝いている。クラシカルな聖堂に、重厚なパイプオルガンの音色が響く。

列席者のなかには、親族だけでなく悠哉や理沙子の顔もある。リベタスプロジェクトのみんなはふたりにとってキューピッドのような存在だからと、櫂が招待したのだ。

フランスからは潤と一緒に、翠も駆けつけてくれた。

(こんなに大勢の人に祝ってもらえて、本当に幸せだなぁ)

父から、愛する夫へとエスコートが引き継がれる。

「すごく……綺麗だよ」

優しく目を細めて、彼が咲穂を見つめた。

「櫂さんも」

咲穂もうっとりと彼を見つめ返す。

彼はいつもかっこいいけど、今日は一段と素敵だ。白いタキシードに白いタイ。リベタスのCM撮影のときも実感したが、櫂は白がよく似合う。気品と威厳に満ちていて、まるでどこかの国の王さまみたいだ。

(お父さんにはああ言ったものの、たしかに……愛想を尽かされないように私もしっかりがんばらないと!)

櫂はやはりいつかは、このニューヨークに戻るそうだ。咲穂の出向期間も残り一年で、もといた広告代理店に帰ることになっている。

『俺は、仕事熱心な君に惚れたんだ。だから咲穂が日本で仕事を続けたいのならそれを尊重する。もちろんニューヨークで広告の仕事を続けることもできるだろうし、将来のことはゆっくり考えよう』

咲穂の仕事について、彼はそんなふうに言ってくれた。

（まだ結論は出ていない。でも……）

どんな道を選んだとしても、彼の妻として恥じない人間でありたい。

そう決意をあらたにして、咲穂は彼とともに一歩を踏み出した。

誓いの言葉、そして――。

ウェディングベールをあげると、燿はそっと顔を近づけてささやく。

「この結婚はビジネスじゃない。だからずっと……俺に惚れていてくれよ」

大好きな彼の笑顔に、咲穂は元気よく答える。

「はい！　私、燿さんを幸せにできるよう、精いっぱいがんばりますね」

「それは俺の台詞だと、以前にも言ったはずなんだが……」

ふたりはクスリと笑い合って、甘い甘い口づけを交わした。

END

あとがき

本書をお手に取っていただき、ありがとうございます。作者の一ノ瀬千景です。

今回のテーマは〝世界的セレブな御曹司とのビジネス婚〟です！

ふたりの結婚そのものがお仕事に繋がるというストーリーにしたくて、夫婦で化粧品ブランドのモデルを務めることに！　華やかな世界を、とても楽しく書かせてもらいました。

仕事が大好きで猪突猛進な咲穂は、私の好きなタイプのヒロイン。ドレスアップすると美人という設定も王道でいいですよね。

櫂はレッドカーペットが似合う男というキャラ設定で書きはじめたのですが、いつの間にか世話焼きお母さんみたいになっていきました。完璧な男がモダモダする姿は、何度書いてもいいなぁと思ってしまいます。

ミステリアスな悠哉、悪女コンビの梨花と塔子。どのキャラにも思い入れがありますが、個人的にはラストで鮮やかな仕返しをしてくれた潤が好きだったりします。

カバーイラストは、もちあんこ先生が描いてくださいました。まさに冷徹無慈悲といった感じの、櫂の表情がお気に入りです！

もちあんこ先生、担当さま、本書の刊行にたずさわってくださった方々、そして読者のみなさま、本当にありがとうございました。

最後にひとつ、とっても嬉しいお知らせをさせてください。

なんと、この作品のコミカライズ企画が進行中です！　コミカライズ版の咲穂と櫂、私自身も心から楽しみにしております。みなさまにも、引き続きふたりの物語を一緒に応援してもらえたら嬉しいです。どうぞよろしくお願いいたします！

一《いち》ノ《の》瀬《せ》千《ち》景《かげ》

一ノ瀬千景先生への
ファンレターのあて先

〒104-0031
東京都中央区京橋 1-3-1
八重洲口大栄ビル7F
スターツ出版株式会社　書籍編集部　気付

一ノ瀬千景先生

本書へのご意見をお聞かせください

お買い上げいただき、ありがとうございます。
今後の編集の参考にさせていただきますので、
アンケートにお答えいただければ幸いです。

下記 URL または二次元コードから
アンケートページへお入りください。
https://www.ozmall.co.jp/enquete/IndexTalkappi.aspx?id=2301

冷徹無慈悲なCEOは新妻にご執心
〜この度、夫婦になりました。ただし、お仕事として！〜

2024年11月10日　初版第1刷発行

著　者　一ノ瀬千景
©Chikage Ichinose 2024
発行人　菊地修一
デザイン　hive & co.,ltd.
校　正　株式会社文字工房燦光
発行所　スターツ出版株式会社
〒104-0031
東京都中央区京橋1-3-1　八重洲口大栄ビル7F
TEL　03-6202-0386（出版マーケティンググループ）
TEL　050-5538-5679（書店様向けご注文専用ダイヤル）
URL　https://starts-pub.jp/
印刷所　大日本印刷株式会社

Printed in Japan

乱丁・落丁などの不良品はお取替えいたします。
上記出版マーケティンググループまでお問い合わせください。
定価はカバーに記載されています。

ISBN 978-4-8137-1660-0　C0193

ベリーズ文庫　2024年11月発売

『財界帝王は逃げ出した政略妻を猛愛で満たし尽くす【大富豪シリーズ】』佐倉伊織《さくらいおり》・著

政略結婚を控えた梢は、ひとり訪れたモルディブでリゾート開発企業で働く神木と出会い、情熱的な一夜を過ごす。彼への思いを胸に秘めつつ婚約者との顔合わせに臨むと、そこに現れたのは神木本人で…!?　愛のない政略結婚のはずが、心惹かれた彼との予想外の新婚生活に、梢は戸惑いを隠しきれず…。

ISBN 978-4-8137-1657-0／定価770円（本体700円＋税10%）

『一途な海上自衛官は溺愛ママを内緒のベビーごと包み娶る』田崎《たさき》くるみ・著

有名な華道家元の娘である清花は、カフェで知り合った海上自衛官の昴と急接近。昴との子供を身ごもるが、彼は長期間連絡が取れず、さらには両親に勘当されてしまう。その後ひとりで産み育てていたところ、突如昴が現れて…。「ずっと君を愛してる」熱を孕んだ彼の視線に清花は再び心を溶かされていき…！

ISBN 978-4-8137-1658-7／定価781円（本体710円＋税10%）

『鉄壁の女は清く正しく働きたい！なのに、敏腕社長が仕事中も溺愛してきます』高田《たかだ》ちさき・著

ド真面目でカタブツなOL沙央莉は社内で“鉄壁の女”と呼ばれている。ひょんなことから社長・大翔の元で働くことになるも、毎日振り回されてばかり！　ついには愛に目覚めた彼の溺愛猛攻が始まって…!?　自分じゃ釣り合わないと拒否する沙央莉だが「全部俺のものにする」と大翔の独占欲に翻弄されていき…！

ISBN 978-4-8137-1659-4／定価781円（本体710円＋税10%）

『冷徹無慈悲なCEOは新妻にご執心～この度、夫婦になりました。ただし、お仕事として！～』一ノ瀬千景《いちのせちかげ》・著

会社員の咲穂は世界的なCEO・櫂が率いるプロジェクトで働くことに。憧れの仕事ができると喜びも束の間、冷徹無慈悲で超毒舌な櫂に振り回されっぱなしの日々。しかも櫂とひょんなことからビジネス婚をせざるを得なくなり…!?　建前だけの結婚のはずが「誰にも譲れない」となぜか櫂の独占欲が溢れだし!?

ISBN 978-4-8137-1660-0／定価781円（本体710円＋税10%）

『姉の身代わりでお見合いしたら、激甘CEOの執着愛に火がつきました』宇佐木《うさぎ》・著

百貨店勤務の幸は姉を守るため身代わりでお見合いに行くことに。相手として現れたのは以前海外で助けてくれた京。明らかに雲の上の存在そうな彼に怖気づき逃げるように去るも、彼は幸の会社の新しいCEOだった！　「俺に夢中にさせる」なぜか溺愛全開で迫ってくる京に、幸は身も心も溶かされて――!?

ISBN 978-4-8137-1661-7／定価781円（本体710円＋税10%）

ベリーズ文庫 2024年11月発売

『熱情を秘めた心臓外科医は引き裂かれた許嫁を激愛で取り戻す』立花実咲《たちばなみさき》・著

持病のため病院にかかる架純。クールながらも誠実な主治医・理人に想いを寄せていたが、彼は数年前、ワケあって破談になった元許嫁だった。ある日、彼に縁談があると知りいよいよ恋を諦めようとした矢先、縁談を避けたいと言う彼から婚約者のふりを頼まれ!? 偽婚約生活が始まるも、なぜか溺愛が始まって!?

ISBN 978-4-8137-1662-4／定価770円（本体700円＋税10%）

『悪い男の極上愛【ベリーズ文庫溺愛アンソロジー】』

〈悪い男×溺愛〉がテーマの極上恋愛アンソロジー！ 黒い噂の絶えない経営者、因縁の弁護士、宿敵の不動産会社・副社長、悪名高き外交官…彼らは「悪い男」のはずが、実は…。真実が露わになった先には予想外の溺愛が!? 砂川雨路による書き下ろし新作に、コンテスト受賞作品を加えた4作品を収録！

ISBN 978-4-8137-1663-1／定価792円（本体720円＋税10%）

ベリーズ文庫 2024年12月発売予定

Now Printing

『タイトル未定(CEO×お見合い結婚)【大富豪シリーズ】』紅《くれない》カオル・著

香奈は高校生の頃とあるパーティーで大学生の海里と出会う。以来、優秀で男らしい彼に惹かれてゆくが、ある一件により海里にフラれたと勘違いしてしまう。そのまま彼は急遽渡米することとなり——。9年後、偶然再会するとなんと海里からお見合いの申し入れが!? 彼の一途な熱情愛は高まるばかりで…!

ISBN 978-4-8137-1669-3／予価748円（本体680円＋税10%）

Now Printing

『タイトル未定(副社長×身代わり結婚)』若菜《わかな》モモ・著

父亡きあと、ひとりで家業を切り盛りしていた優羽。ある日、生き別れた母から姉の代わりに大企業の御曹司・玲哉とのお見合いを相談される。ダメもとで向かうと予想外に即結婚が決定して!? クールで近寄りがたい玲哉。愛のない結婚生活になるかと思いきや、痺れるほど甘い溺愛を刻まれて…!

ISBN 978-4-8137-1670-9／予価748円（本体680円＋税10%）

Now Printing

『タイトル未定(パイロット×偽装夫婦)』未華空央《みはなそらお》・著

空港で働く真白はパイロット・遥がCAに絡まれているところを目撃。静かに立ち去ろうとした時、彼に捕まり「彼女と結婚する」と言われて!? そのまま半ば強引に妻のフリをすることになるが、クールな遥の甘やかな独占欲が徐々に昂って…。「俺のものにしたい」ありったけの溺愛を刻み込まれ…!

ISBN 978-4-8137-1671-6／予価748円（本体680円＋税10%）

Now Printing

『タイトル未定(御曹司×契約結婚×離婚)』惣領莉沙《そうりょうりさ》・著

亡き父の遺した食堂で働く里穂。ある日常連客で妹の上司でもある御曹司・蒼真から突然求婚される！ 執拗な見合い話から逃れたい彼は1年限定の結婚を持ち掛けた。妹にこれ以上心配をかけたくないと契約妻になった里穂だったが——「誰にも見せずに独り占めしたい」蒼真の容赦ない溺愛が溢れ出して…!?

ISBN 978-4-8137-1672-3／予価748円（本体680円＋税10%）

Now Printing

『タイトル未定(御曹司×契約結婚)』きたみまゆ・著

日本料理店を営む穂香は、あるきっかけで御曹司の悠希と同居を始める。悠希に惹かれていく穂香だが、ある日父親から「穂香との結婚を条件に知り合いが店の融資をしてくれる」との連絡が。父のためにとお見合いに向かうと、そこに悠希が現れて!? しかも彼の溺愛猛攻は止まらず、甘さを増すばかりで…!

ISBN 978-4-8137-1673-0／予価748円（本体680円＋税10%）

タイトル、価格等は変更になることがございますのでご了承ください。

ベリーズ文庫 2024年12月発売予定

Now Printing

『エリート警視正は愛しい花と愛の証を二度と離さない』森《もり》野《の》りも・著

花屋で働く佳純。密かに思いを寄せていた常連客のクールな警視正・瞬と交際が始まり幸せな日々を送っていた。そんなある日、とある女性に彼と別れるよう脅される。同じ頃に妊娠が発覚するも、やむをえず彼との別れを決意。数年後、一人で子育てに奮闘していると瞬が現れる！　熱い溺愛にベビーごと包まれて…！

ISBN 978-4-8137-1674-7／予価748円（本体680円＋税10%）

Now Printing

『復讐の果て～エリート外科医は最愛の元妻と娘をあきらめない～』白《はく》亜《あ》凛《りん》・著

総合病院の娘である莉子は、外科医の啓介と政略結婚をし、順調な日々を送っていた。しかしある日、莉子の前に啓介の本命と名乗る女性が現れる。啓介との離婚を決めた莉子は彼との子を極秘出産し、「別の人との子を産んだ」と嘘の理由で別れを告げるが、啓介の独占欲に火をつけてしまい――!?

ISBN 978-4-8137-1675-4／予価748円（本体680円＋税10%）

Now Printing

『このたびエリート（だけど難あり）魔法騎士様のお世話係になりました。』瑞《み》希《ずき》ちこ・著

出稼ぎ令嬢のフィリスは、世話焼きな性格を買われ超優秀だが性格にやや難ありの魔法騎士・リベルトの専属侍女として働くことに！　冷たい態度だった彼とも徐々に打ち解けてひと安心…と思ったら「一生俺のそばにいてくれ」――いつの間にか彼の重めな独占欲に火をつけてしまい、溺愛猛攻が始まって!?

ISBN 978-4-8137-1676-1／予価748円（本体680円＋税10%）

タイトル、価格等は変更になることがございますのでご了承ください。